樂文誌

Music and Words

陳智德

著

目次

卷二
音樂與藝文追憶

卷三
文藝復刻・復刻香港

樂文誌

本事

表姊在走廊拋出一道謎語，如果我猜對了，就請我吃紅豆冰。我眼睛轉了一轉，說出我心裡的猜想，這時飛機在大廈上面不遠的低空、幾乎我們的頭頂劃過，巨響就此掩藏了孩童之間永恆的密語。

姨婆在九龍城獅子石道一座小樓房，經營成衣裁縫小作坊，大廳有幾台比小孩高幾個人頭的裁床，裁縫師傅不在的時候，或晚上大人們在打麻將的時候，我喜歡沿高凳爬上裁床玩，以布碎、三角粉土餅和滾輪當玩具，裁縫助理看見，過來教訓我，我不聽教訓，有時遭熨斗燙傷，有時遭圓頭縫紉小針扎傷，都是尋常，我喜歡那居高的安全視野，無法自拔。

大廳以外，有幾間用木板或衣櫃及疊高的樟木衣箱分隔的板間房，住了姨婆一家和其他不同房客，還有些年輕的單身住客、親戚，住在走廊靠牆一邊，幾列以三角鐵和木板築成的

「碌架床」，他們僅有的家當，不過是掛在牆沿的幾件衣服、擺在床頭的發條鐵皮小鬧鐘和幾本書、放在床尾的搪瓷漱口盅和幾件謀生小工具，最富有的一位，我忘了是那位裁縫助理本人或是他的朋友，靠牆的床邊放置一部卡式錄音帶唱機，長期以繞線連接一個頭戴式大耳筒。

在這熱鬧的裁縫小作坊，日間有收音機不停播送時代曲、廣播劇、粵曲與新聞，晚間有電視機《歡樂今宵》節目裡的短劇、演唱和訪談，伴隨麻將聲還有大人之間不息的爭吵，夾雜飛機劃過窗外的巨響，帶來魔術一般的寧靜，只那麼一刻，卻又永恆地斷斷續續，讓我知道，這世界是由聲音組成，連幾乎無聲的寧靜裡也有聲音，在我心裡，嘗試逆反外在聲音的日常，好像一種遙遠音樂的呼喚。

有一天晚飯過後，我在走廊看著那裁縫助理本人（或是他的朋友）戴起了大耳筒，眼睛半閉換了另一副模樣，不到半晌，他睜眼看我盯著他，和善地招我到他床邊（那麼應該是裁縫助理的朋友了），脫下大耳筒戴在我小小的頭上，調校角度並用手扶著耳筒兩側，好固定在我耳邊。第一次，我進入一種密封而單純的音樂空間，隱約記得是一首粵語流行曲，歌聲和伴奏的音樂都聽得很清晰。一首聽罷，我自己脫下大耳筒，那位青年小叔叔對我說，我們平常在收音機、電視機聽到的流行曲，都不簡單的，並不只是歌星在唱，背後的伴奏，包含各種各樣的樂器，細聽才知道，都不簡單的。

我記得並感謝青年小叔叔的引導，是的，都不簡單的，在那短短幾分鐘的聆聽和說話中，我得到學校音樂課以外的另一種音樂啟蒙，不只是在那新疆民歌、歐洲童謠以外的粵語流行曲，也不只是歌星主體以外的樂器伴奏聲，更是一種突破日常世界眾人焦點以外的聲音哲學，關鍵在於事物邊緣內外的認知，自主地尋索心與聲之周遊。在我等肉眼認知的範圍以外，總有無色無相的聲音遊走大氣，如果可以接通電波，可聽到音樂流通雲際，使我好像小鳥般自由。

就在心與聲周遊的空間，人聲以外，浮現多種樂器的聲音，剛開始時，我只認得其中一種，是在音樂課聽過的鋼琴聲，此外還有許多說不出名字的樂器聲，一下一下拍擊的應該是鼓響，突然沉重的一擊是飛機經過的巨響嗎？不，是大人打麻將時大力把摸來的麻將牌拍擊桌面以表示激憤的聲音，氣氛突然緊張，幸有晚風一陣從窗戶吹來，我後來知道那是長笛或雙簧管的悠揚樂音，還有弓弦磨擦弦線，來回舒張的氣氛好像一種香味，引小花貓從廚房碎步走出，我摸一下牠的背，喚起溫柔細碎的結他聲。又到晚飯時刻，大人們圍坐在鋪滿報紙的大圓桌，另有小孩五、六人、童子六、七人，被安排在大廳另一角的小方桌，我們擠眉眨眼，互相捉弄，悄悄組成了一隊大人無心為意的樂團。

晚飯後，我趁機沿高凳攀到裁床上，再次占領了戰略要塞，以碎布作玩偶，以三角粉土餅劃在裁床做暗號，大廳響起嘩啦嘩啦傾倒和碰撞的聲音，大人又開始打麻將了，好比他們之間莫名的、不能自拔的戰爭。我仍守著裁床，有時看幾眼另一不遠角落的電視機節目，有時和偶然攀上來的小友玩弄碎布和軟尺，一邊輕揮滾輪，一邊以粵語哼唱學校音樂課本上原是用國語唱的歌曲：

記得當時年紀小，
你愛談天我愛笑。
有一回併肩坐在桃樹下，
風在林梢鳥在叫，
我們不知怎樣睡覺了，
夢裡花兒落多少。[1]

腦際響起音樂老師的鋼琴聲，幽幽的恬淡的慢板三拍子琴音，彷彿流露某種不可解的心語，使我覺得彈琴時候的老師分外靜美，也分外寂寞。我們一句一句的唱，你愛談天，我愛笑，你忽然往我手腕咬了一口，說要送我一隻手錶，我驚嘆看著幾顆小牙齒開鑿出的時刻，在我手腕運轉，無聲而有感；但裁床上並肩盤踞的小友，不知什麼時候回到地面了，留下我仍在裁床用粉土餅劃出符號。風在林梢，鳥在叫，但麻將牌聲如海如浪，大人的吵鬧像狼像虎，外面的世界就是這樣嗎？我不知怎樣覺得眼皮很重，慢慢徜徉在碎布中，粉土餅在裁床留下我彎彎曲曲的記錄，但夢裡花兒，不知落多少、不知落多少。

1〈本事〉原是盧冀野所作一首小詩，一九三四年由黃自譜曲。〈本事〉各傳世版本用字、標點略有不同，此處據蕭而化編著，《初中音樂・第五冊》（台北：正中，一九六六），頁一一－一二。

卷一
追憶華語歌曲與文學

似水網界、幻海流年

都市已成幻海，遠景不見，仍不知為何而航行，我自脆弱欲裂的舊刊，編整都市流逝前心語，另建文字搭造的木船，船邊身後，莫不是你流逝的似水數碼、虛擬年華！在這被稱為「5G」的大幻新網界，網內無盡，網外無常，何因到此？我百思仍莫辨，卻聽得那狂生柳夢梅仍半哄半騙地說：「則為你如花美眷，似水流年」。柳夢梅的幽夢言說，美則美矣，怎麼今時聽來，活像一介網路大騙徒！

一、視乎我們對流逝的感應

樂曲一開始，提琴手收起琴弓，以手指撥弦，規律而短促的中提琴撥弦音，重現水滴般流逝時刻，教聽者同時感應，當下此刻，莫不是逝者如斯，就如此不捨晝夜或今昔了嗎？步和那逝水樂時，歌聲低沉內斂：「望著海一片　滿懷倦　無淚也無言」，歌者不願過多傷感卻掩不去深藏的滄桑，唱至「心中感嘆　似水流年　不可以留住昨天」這句，她放棄掩飾神傷，無法不流露出一絲激動。

梅艷芳主唱的〈似水流年〉，原是日本音樂家喜多郎為同名電影所作的配樂，其後名以*Delight*，收入一九八五年出版的大碟專輯《西方》（*Towards the West*），專輯第一首曲*Auspicious Omen*，是電影《似水流年》首幕，客運車在顛簸山路蜿蜒前行時的配樂。嚴浩執導的電影《似水流年》以女性角度講述回鄉之旅，從今昔對照、城鄉對比當中，描畫一段恬淡無波的三角關係，特別以兩名情同姊妹的女性為主要視角，襯托出更幽微的女性情誼，而在鄉情、婚戀愛情、姊妹情與大地的變幻之間，百年古屋內舊物尚存、古村老樹尚存，唯年華似水消逝，誰能傾聽水滴蒸發前的言語？誰能捨棄鏡像仍能看見自己？

我想起一九六二年的同名粵語片，左几導演、張瑛、白燕主演的《似水流年》，改編自張恨水著於一九三〇年代初期的「三大時代」系列長篇小說之《似水流年》（又名《黃金時代》），小說中的黃惜時嚮往城市生活而離開鄉鎮，卻在城市墮落心志，最後遭遇連番挫折。城鄉對比本是五四時期至四〇年代中國小說的重要主題，戰後至五〇年代初的香港小說和電影一再發展這主題，在那二元對立的冷戰時代，左翼文化人同聲批判城市異化，並寄喻返回中國大陸才是最終出路，小說《蝦球傳》、《窮巷》，電影《珠江淚》、《細路祥》、《一板之隔》等等都是例子；左几導演的《似水流年》沿用城鄉對比，再強調浪子回頭的倫理主題，以歸鄉為浪子的出路。

嚴浩導演的《似水流年》同樣有城鄉對比的結構，來自香港的女主人公珊珊（顧美華飾）許多年後返回汕頭鄉間探親，老屋保留一段童年記憶，珊珊深感鄉間的淳樸美好，回顧並覺醒城市生活的局限，但電影結局沒有叫她留下，仍是返回香港。電影透過懷鄉與姊妹情的描畫，更多反映女性成長的歧路，鄉村仍作為人心寧靜所歸，電影營造美感意境，特別兩老人兄弟在古樹下鍛鍊太極一幕，相對於政治口號、教條或任務，電影更重視呈現藝術意境和人文關懷，由此達致一種對政治的超越。

在一九八四年公映的《似水流年》影片中段，姊妹情與婚姻的對比描畫之間，響起後來名為*Delight*的主題音樂，而在電影結束一幕，顧美華結束返鄉之行，在渡頭與斯琴高娃握手話別，鏡頭轉為遠景，再現出茫茫大海中的孤舟，隨著片尾字幕製作人員名單而響起的，是梅艷芳主唱、鄭國江填詞的粵語歌〈似水流年〉：

望著海一片　滿懷倦　無淚也無言
望著天一片　只感到情懷亂
我的心又似小木船

遠景不見　但仍向著前[1]

沙上的足印尚且短暫，遑論海上船過濺出的浪，我們無法在海上留痕，但歌者的聲音仍飄浮海面。影像好像脫落的底片，我想捕捉那比我長久的笑語，只一聲；想又如何？消逝的聲音聽不到了，但總有一部分的呼喚留駐雲外，另一部分的呼喚在我們行走的時候，逐漸後退，那速度要視乎我們對流逝的感應；而歌曲〈似水流年〉要呈現的速度，是一種近乎時鐘的速度，卻是我們現實生活中，因慣於流逝而忘卻或已感覺不到的速度。

二、夢裡無盡，夢外無常

〈似水流年〉的原著音樂結構是一組八個小節的循環，它的和弦組合，尤其中段從簡約平淡而逐漸激昂變化的電子合成器與弦樂交響合奏，加上那時鐘般規律而短促的中提琴撥弦音，十分類近於歐洲巴洛克時期音樂*Canon in D*的管弦樂合奏版本，相信喜多郎作曲時曾參考甚至是演化出，而香港樂人黎小田把喜多郎原曲改編為中文歌曲版本時，因應流行曲的結構改寫了個別樂句，尤其在副歌部分。

最後鄭國江據黎小田重新編曲的版本，填上中文粵音書面語歌詞，[2]如果我們細聽從德國音樂家Johann Pachelbel（1653-1706）的*Canon in D*到喜多郎的*Delight*，再聽黎小田重新編曲的〈似水流年〉，當可感受那音樂意境的永恆無盡；相應來說，不同時代的樂人、歌者，似乎在取笑人間的驟變無常，然而，無盡與無常的界線在哪裡呢？「似水流年」一語的更早淵源至少追溯至湯顯祖的《牡丹亭》，在「驚夢」一齣開場，杜麗娘詠嘆春色無常易逝：「原來奼紫嫣紅開遍，似這般都付與斷井頹垣」，未幾在園內入睡，卻在夢中遇見柳夢梅，小生折柳相贈，麗娘意馬心猿低問：「這生素昧平生，何因到此？」夢梅半哄半唱而答曰：「則為你如花美眷，似水流年，是答兒閒尋遍，在幽閨自憐。小姐，和你那答兒講話去」，那夢兆的關鍵，原是一種「斷井頹垣」般的對於流逝的覺悟，卻由此無常的詠嘆開始，造就了從「驚夢」、「尋夢」到「魂遊」的一段無盡。

無盡與無常的界線在哪裡呢？是否，有無常自然有無盡；無盡依附於無常，亦由無常化生出無盡，永恆與驟變，亦復如是（我百思仍莫辨，自己到底在講什麼）。想到這裡，似有樂音撫慰那驟變的感傷：「心中感嘆　似水流年　不可以留住昨天」，卻也仍是那無常，以流逝呼喚非流逝而無從領受覺悟的永恆，夢裡無盡，夢外無常，何因到此？我百思仍莫辨，

1 〈似水流年〉（節錄），喜多郎作曲，黎小田編曲，鄭國江填詞，梅艷芳主唱，原收入多人精選大碟，《華星影視新節奏》（香港：華星唱片，一九八四）；新版本收入梅艷芳個人大碟，《梅艷芳》（香港：華星唱片，一九八五）。

2 有關〈似水流年〉的填詞和製作，可參考鄭國江，《詞畫人生》（香港：三聯書店（香港），二〇一三），頁一三—一五。

只有那狂生柳夢梅仍半哄半騙地說：則為你如花美眷，似水流年……

三、乘著那破敝老帆船

電影《似水流年》一九八四年九月在香港公映，主題曲〈似水流年〉的歌者梅艷芳，當時尚差一個月才滿二十一歲，卻出奇地精確演繹出歌曲的滄桑，其實也並不十分出奇，因她早有一般少女想像不到的人生舞台經驗，因家境清寒，自小已隨姊姊一起，姊妹二人用「依依」和「依娜」為藝名，在荔枝角的荔園遊樂場、新蒲崗的啟德遊樂場以至港九不同場地的歌壇、歌廳、酒廊，多年來賣唱以換取生計，任歌聲多旖旎，也難穿透喧嚷亂紛紛，嚐盡了人間冷暖。

那是一九六、七〇年代，一個迷亂、掙扎中的香港，黑社會猖獗、警察普遍貪汙、市民大眾居住在狹隘空間，甚至逐漸接受這是無可如何……你說的我們都了解，或至少有所耳聞目睹，但從未料到過渡至八〇年代初，香港社會還未及消化許鞍華《胡越的故事》、《投奔怒海》等電影暗喻對未來的不安，歷史卻忽然到了製作《似水流年》的階段：嘗試窺探那不安源頭的內部，思考那鄉情是否從認同的縫隙裡超越，不惜讓身軀闖入那源頭內部的氣息間，真正接近了，卻洗不去莫名的失落：

我的心又似小木船
遠景不見　但仍向著前[3]

也許幾代人都曾在那破敝的老帆船裡，歷經浪蕩掙扎，上一代攜伴著年輕一代嚐盡艱困，胼手胝足，篳路藍縷，一九八〇年代竟駛入一片想像不到的浮華，一抵岸卻旋即步入更不確定的喧嚷人寰：

誰在命裡主宰我
每天掙扎　人海裡面
心中感嘆　似水流年[4]

舉世人們乘著那破敝老帆船，不知飄流何地，一切倏忽變幻，起落迷惘間還有誰聲嘶力

3〈似水流年〉（節錄），喜多郎作曲，黎小田編曲、鄭國江填詞，梅艷芳主唱，收入梅艷芳個人大碟，《梅艷芳》（香港：華星唱片，一九八五）。
4 同前注。

竭地堅持問詢，一句已虛脫疲憊的「誰在命裡主宰我」，遑論追問這蒼茫大地，茫茫時代，卻是誰主浮沉？

四、誰使我掙扎在這茫茫網界幻海

梅艷芳以她特有的沉厚而蘊藉唱腔演繹〈似水流年〉，開始時內斂地似帶著沉思，又似迷惘，當唱到「心中感嘆　似水流年　不可以留住昨天」，她特別以較重的停頓強調出「不可以留住昨天」的沉痛，緊接她唱腔一轉，回復低迴的感嘆：「留下只有思念　一串串永遠纏」，這時我們感受到一位女性對飄泊生涯的感懷，至過門音樂前的收結停頓句：「外貌早改變　處境都變　情懷未變」，我們感應到女性特有的對容顏狀況、色相變幻的敏感，同時訝異於那早生的豁然，對處境與情懷的變與不變，演繹出屬於孑立女性更強韌的自主。

這時過門音樂由雙簧管樂手接過另一八小節的循環，回到歌者再一次低迴的感嘆：「留下只有思念　一串串永遠纏」，再循環一遍、兩遍、三遍，喋喋絮絮地，任歌聲樂音似生命願帶著強韌的自主而漸杳。

樂音何往何存？莫若那六朝文人庾信哀悼一位早逝女子的墓誌銘所說：「山川奇事，風月無情」；梅艷芳在一九八〇年代的香港也締造出一種「山川奇事」，只歎香港本身實比風月更無情，一切原地舊物無存，我在腦中每每極力重組，徒然放映出一格一格破裂的幻燈。

「望著海一片　滿懷倦　無淚也無言」，今天的香港失去了實體，只餘一片網際幻海，我望著它，已太疲倦，誰不是無淚無言。「我的心又似小木船　遠景不見　但仍向著前」，連那破敝老帆船也退下了，我以心另建木船，只因都市已成幻海，遠景不見，仍不知為何而航行，船邊身後莫不是你流逝的似水數碼、虛擬年華！

「心中感嘆　似水流年　不可以留住昨天」，一切流逝莫若流水，本是自然，它本應流逝，我也不願流水停留，而我的年華也無妨流逝，只是在幻變中感到，有時年華不是流逝卻是在勸說我投資「保你大自願醫保計畫」和「冥通銀行可扣稅延期年金計畫」，真要命！但是，我有什麼值得讓這年華來勸說我投資呢？我痛惜、不捨它的流逝，願意永記、懷念那流逝前的無盡永恆年華，但當它不是流逝而是在勸說我投資，到底，我有什麼值得讓這年華來投資呢？

「外貌早改變　處境都變　情懷未變」，什麼時候那女子或男子的外貌已不再在乎？我們穿過什麼時裝？追求或抗拒過一種怎樣的髮型？外貌不再在乎，可能了悟到處境色相變幻，但更重要的應是那情懷，我們最在意的，想問也問不清。失落了怎樣的情懷？我們相信過一個怎樣的未來？勉力在這世界留下指爪般文字跡印，想不到這世界轉眼就把那跡印傾倒，想問也問不清。

在一處半山之巔，向空茫處伸手想要抓住些什麼，只落得一副雲幻般的臉；就在那半山之巔，萬千流逝的塵埃中可會有我？我是否竭力想抓住些什麼？列車交錯，人面飄幻，我在生命的縫隙尋尋覓覓，只落得一副雲幻般的臉，一副雲幻般的臉。又在一處網界幻海之濱，遇見那成形於一五九八年《牡丹亭》成書之時的狂生柳夢梅，四百二十二歲的他一時展示美男照一時展示美女照，我不知應反眼還是覺得好笑，唯有忍氣一問：「這生素昧平生，何因到此？」那知他仍半哄半騙地說：「則為你如花美眷，似水流年」，好一介資深專業的網路大騙徒！

「誰在命裡主宰我　每天掙扎　人海裡面」，為何掙扎大概不重要，更重要是為誰而掙扎？在人海，或如今的一片網界幻海，誰使我每天掙扎，在這茫茫網界幻海？為要換取一種失落於現實人海的溝通，告訴自己仍可以向另一認識或陌生的生命喊話？連上課、日常工作都逃不出浮沉網界，或竟只是為要換取更虛幻的貨幣？我們辛苦吞下毫不味美的貨幣，還未咬碎就要交稅，我是說，還未咬碎就要嘔吐出部分餵給網界幻海好讓我可以上網來交稅。我快沒電，氣息所剩已無幾，誰使我每天掙扎，在這重重不滅的網界幻海？我想抓住那閃逝人面，想知她是否仍在現實人海？我情願與那閃逝人面一同掙扎人海，總勝過在此不息網界幻海，我情願與經常茫然的人面在現實教室，也不願墮入無氣息無動靜的視像網界教學幻海：「望著海一片　滿懷倦」，人海也好，網界也罷，韶光似幻，世態如流，只想看一眼，一雙「實時」的真正在看我的眼。

〈似水流年〉八小節的過門音樂後，歌者梅艷芳再一次低迴感嘆：「留下只有思念　一串串永遠纏」，這樂句循環一遍、兩遍、三遍，眼看我們就在這半自動半被動的情況下，逐漸退出現實人海，游出更遠，遠至如今快到另一個被稱為「5G」的大幻新網界，原諒我喋喋絮絮地，願攀附那歌聲樂音似生命何妨帶著最後一絲自主而漸杳。

風繼續吹冷喝采

家屋凌亂不成樣，地面灰塵堆積，經久不理漸如雲堆；風吹窗簾，塵堆團團挪動，使地面看來似一片天空模樣。我終於拿起掃把清掃了一會，赫然劃出幾道濕濡發亮軌跡，近乎隱形的啤酒瓶碰翻，殘酒傾瀉，等待蒸發在每一處生活盡頭。清掃出什麼？潔淨了些什麼？家屋嗚咽低問，斯去來之物，何處非落木所依？我也不知清掃了什麼、潔淨了些什麼，且追喚一剎亂紛紛記憶，廢然擲棄掃把，任憑地面有雲，有鳥，有吹不散的星。

一、不顧彼此韶光已黯淡

搬返舊居翌日，從廢墟般舊物中撿起一盒昔日以「一餅」「兩餅」形容的卡式錄音帶，稍稍拭抹灰塵，我像對待同伴一樣向它說話，略表流光荏苒，擔心它已無法播出早歲儲存的歌聲，我想像它輕聲回應並傾吐了些心語，內容是什麼因為太私密不便公開；說罷它容許我把它放入十多年前改裝更換了電插頭的卡式錄音機；我用一點勁按下已略顯僵硬老化的方型按鈕，低響起磁頭與音帶交會的「嘶嘶」持續之聲。

磁頭與錄音帶磨擦中交談，彷彿久違的舊友在電磁的軌跡裡相逢，經歷重重流轉，它們自有相呴相濡的音階，不顧彼此韶光已黯淡，仍願清掃串串苦笑和自嘲，勉力還原出一列通往一九八〇年代的跑道，時代如電如幻，飄落了亂紛紛景物：

為甚要受苦痛的煎熬
快快走上歡笑的跑道
……
春風一吹草再甦　永遠不見絕路
明日變遷怎麼可知道
何事悲觀信命數[1]

陳百強主唱的〈喝采〉，來自一九八〇年公映的同名電影，歌曲原名〈鼓舞〉，終以〈喝采〉之名收入在一九八〇年底由華納唱片發行的專輯《幾分鐘的約會》，[2]成為縈迴整個一九八〇年代的勵志經典，特別在八〇年代初的三、四年間，在許多民歌音樂會、校園音樂會中一再改編翻唱。當時的青少年其實不輕易接受所謂勵志，他們懂得清醒而敏銳地提防成人世界價值觀的收編，在諸多不同的時代樂聲中，可能更傾向於避世的情歌、玩世的舞曲，或憤世的搖滾；然而鄭國江填詞的〈鼓舞〉（〈喝采〉），從基於對現實世界悲觀不信任的預設開始，一再提出對「苦痛」「絕路」「變遷」「悲觀」等事物的超越，更重要是從對等的友朋角度向青年同代人喊話，結合陳百強青澀而溫婉的演繹，貫徹出以友情抗世的呼喚，而非社會正規價值灌輸，多少仍觸動青少年似詩人般渴求呼應感通的心：

路上我願給你輕輕扶
你會使我感到好驕傲
……
將一聲聲歎息　化作生命力
懷著信心解開生死結

1〈喝采〉（節錄），陳百強作曲，鄭國江填詞，收入陳百強，《幾分鐘的約會》（香港：華納唱片，一九八〇）。
2 有關〈喝采〉原名〈鼓舞〉而被改稱為〈喝采〉之事，可參考鄭國江，《詞畫人生》，頁五〇－五二。

歌詞寫出一段朋情視扶持為一種生命的「驕傲」，對等的互勉互訴使勵志有了基礎，有時，聽者真的不禁放下多疑的警戒，開始相信這歌，也許，生死鬱結終可解，雲霧瞬間可散，關鍵在於信念，包括對這歌詞可達致互勉的信任。當唱機播到「雲霧消失朗日吐」這句，接入副歌的轉折間有一剎停頓，細聽可感應那磁頭與音帶磨擦出的「嘶嘶」聲，在不同樂句間一直低聲緊隨，有時像輕嘆、沉吟，或一陣呢喃，我的卡式錄音帶勉力保留了歌者永遠年輕的歌聲，但自身畢竟年逾四十，磁帶轉動間有些不穩，我知它也很想信任那互勉的歌詞，但以透明和黑色塑料模造的外盒現出幾道裂縫，是否同是歌詞走過的路？一身消頹的卡式錄音帶，仍有點希望我向它唱出這歌，可知我實在不忍。

聽罷這歌的第一節，不覺思緒飄浮，憶起幾段失落友誼，確然曾存在過困頓中的互勉，荒涼公園中感時憂世，不捨移民或留學導致朋情離散，不解家庭和時局的變幻，竭力從時代汰舊流轉的縫隙中，想像十餘年後的一九九七世界，不知當下的所學所思將以什麼方式存留，不知在時流現實的真幻沖刷中，將化作怎樣的人或怎樣世界的哪一部分。卡式錄音帶你會明白嗎？即使你我音軌頹唐，我實在不忍對你唱：「路上我願給你輕輕扶」，因為勵志的歌聲雖然可風可敬，卻知終有一天，談論勵志者會比聽者更沮喪。

二、勵志竟暗藏如此殘忍的反面

在一九八〇年公映的電影《喝采》，陳百強和張國榮飾演應屆會考生，鍾保羅飾演初出茅廬的電台播音員（當時稱唱片騎師，或稱ＤＪ），影片中一群青少年在校園、試場以至Ｐ場、「的士高」舞場，也在唱片店、電台、香港藝術中心以至音樂比賽會場，遊走於制度的邊緣，分別變奏他們的友誼、愛情和叛逆，不脫青春本色，而可能更關鍵是青春的對照物——代表成人價值世界的父母和象徵脫離主流成人世界的中年潦倒畫家叔叔，前者一再對青春叛逆本色作出規勸，後者卻示範出另一種更叛逆卻近乎末路的抗世。

電影《喝采》一九八〇年公映時我只有十一歲，未及入場觀看，直至一九九〇年代中期市面有《喝采》小影碟（ＶＣＤ）出售時才看到，然後再隔了接近二十年的二〇一〇年代末尾再度重看，我剛屆五十之年，特別感念於電影中的叔父角色，由陳欣健飾演的中年潦倒畫家，映照出不按主流大路而活的生命情調及其後果，電影呈現、認同當中的浪漫卻又指出其不可能。陳百強飾演的姪兒阿Ken最後一次帶著啤酒到醫院「大房」（普通病房）探望時，潦倒畫家已去世，只餘護理人員咒罵抱怨聲中執拾好的一張空病床。緊接這一幕，就是陳百

3　同前注。

強與張國榮的音樂比賽場景，那最後的喝采歌聲是單純的勵志，還是有引導反叛青年重回正軌的意思？又還是兩種都有？也許電影容許不同詮釋，開放性結局予不同傾向青年作出各自的領受；然而電影透過中年潦倒畫家的醫院大房之逝，對於偏離主流大路而活的「後青春」生命情調，呈現如此悲觀的預設，無形中暗示青春以至各式勵志的徒勞，與電影表面所宣揚的畫面徹底相反。

脫離主流成人世界價值觀的結果就只能是潦倒，以至成為病床上被護理人員咒罵抱怨的不堪對象嗎？表面勵志的電影，竟暗藏如此殘忍的反面，我幾乎無法看下去，只見那醫院段落最後一幕，陳百強頹站大房窗邊外望，未幾轉身面對一張空病床，而在他背後，是窗外漫山半坡矮樹綠草，隱約有微風拂過，使草葉挪動，傳送聽不見的蟬鳴、說不出的鳥語。

三、頹廢式勵志超越既定憂鬱的美

也許，更殘忍的是現實世界中，《喝采》三位演員，鍾保羅一九八九年在沙田寓所大廈墮樓身亡，終年三十歲；陳百強一九九三年在醫院昏迷一年多後不治逝世，終年三十五歲；張國榮二〇〇三年在文華東方酒店二十四樓墮下，終年四十七歲。是否《喝采》反覆強調的青年勵志，以及中年潦倒畫家預示勵志的失落，對現實世界而言，都是一種未說破的諷刺？

樂曲一首一首接續唱罷，那「嘶嘶」之聲也到了錄音帶A面盡頭，「啪」一聲唱機的按鈕彈回，我自廢墟中再找出張國榮一九八三年的《風繼續吹》專輯盒帶，磁頭與錄音帶再度交纏，緩緩磨擦出另一段一九八〇年代軌跡：

我勸你早點歸去　你說你不想歸去
祇叫我抱著你　悠悠海風輕輕吹
冷卻了野火堆
……
風繼續吹　不忍遠離
心裡亦有淚　不願流淚望著你[4]

歌曲改編自山口百惠一九八〇年引退藝能界之作〈さよならの向う側〉，粵語版由徐日勤主理的編曲幾乎與原曲一樣，只是中段的電結他音樂間奏由原曲的十六小節縮短為四小節，其餘部分大致相近，盡量保留了原曲氣氛，而由鄭國江填上中文粵音書面語的歌詞，亦能配合原曲抒發的恬淡離愁。〈風繼續吹〉的歌詞把場景設定在戶外海邊，當海風首次出

4〈風繼續吹〉（節錄），宇崎竜童作曲，鄭國江填詞，收入張國榮，《風繼續吹》（香港：華星唱片，一九八三）。

現，是作為內心熾熱的反面，因而「冷卻了野火堆」，但當曲中的主體重新意識到別離，主動以風作為離愁的抗衡，由此而改換了客體對主體的衝擊。

〈風繼續吹〉就這樣從客觀現實命定的別離情景中，以頹廢語調作出反抗，即使最後仍須別離，但由於主體對命定的抗衡，終於衍化出一種超越了既定憂鬱的美，也正是這種超越、這種由抗衡而流瀉出的美，達致這歌從未標榜卻暗中成就了的另一種頹廢中的勵志。相較之下，〈喝采〉當然具更清朗的勵志訊息，但我總想起電影裡的中年潦倒畫家，以至現實裡的三位演員，今天再聽〈喝采〉這歌，徒然憶起生命中的更多挫敗，反而不及〈風繼續吹〉重新喚起抗衡和超越的頹廢式勵志。什麼雲霧散、朗日吐？無從鼓舞。卡式錄音帶，難道這才是你真正用以勉勵我的頹廢。

四、「我想申請學結他！」

無論如何，〈喝采〉可說是陳百強早年最成功作品，是陳百強親自作曲，屬於歌手原創之作，這方面來說是比〈風繼續吹〉優勝，而且〈喝采〉的曲式接近於民歌，它的節奏易於用結他配合彈唱，原曲的專輯錄製版本即以鋼弦原音結他和電子琴貫徹伴奏至終曲，[5] 是以一九八〇年代初至中期不少民歌音樂會、校園音樂會都有人彈唱這歌，我少年時初習結他，在指定的 *Today, Donna Donna* 等英語民歌以外，也彈唱過每小節轉換兩次和弦的〈喝采〉，隱然也是當年以結他彈唱的初階曲目之一。

那是一九八三年夏天，小六升中一的暑假，我抱持對文藝的憧憬，認為必須要學好結他，於是跑到尖沙咀海運大廈的曾福琴行報名，我記得進琴行大門前行經過售貨區，轉右一通道有若干房間，就是上課地點，我吸一口氣走到辦事處說：「我想申請學結他！」大概因我這過分認真的傻氣，辦事處女職員嫣然一嘲笑，對我說：「不用申請，你填好表格再交兩個月學費給我們就可以啦。」

當時我已從基督教會的大哥哥們偷師，粗略習得一點彈奏民歌結他的皮毛，而到曾福琴行正式交學費去學的，是古典結他，我心目中最高層次的正宗結他音樂，導師採用著重指法規律和音階練習的「塞戈維亞技法」（Segovia Technique）教授，一對一指導我從音階到單曲逐步練習，以至在戶外手中無結他時，以右手臂背當作結他琴頸指板，左手如常按壓想像中的音階，大概兩個月後已習得古典結他入門初階樂曲*Romance de amour*的基礎，慢慢經過音階練習再涉卡爾卡西（M. Carcassi）、梭爾（Fernando Sor）、泰雷嘉（Francisco Tarrega）等歐洲十九世紀作曲家所著經典結他曲目。

5〈喝采〉的專輯錄製版本有別於電影版本，電影版本在鋼弦原音結他以外加入了弦樂伴奏。電影版本比較華麗，錄製版本則保有民歌本色的簡樸親切風格。

如是者我每週六下午就從旺角住處乘巴士到尖沙咀天星碼頭，轉入海運大廈走到商場盡處的曾福琴行上課，課前課後也常到海運大廈的辰衝書店留連，當時海運大廈有許多獨特商店，例如只售賣地氈的店鋪，各種花紋奇特的偌大進口地氈，從店鋪中央及不同角落的地面堆疊至腰間，還有一般市面不見的專售大型油畫的畫廊，至於陳冠中等文化人津津樂道的巴西咖啡店，的確余生也晚，未及見識；但我會沿緊急出口的樓梯，走到電影和電視經常取景的海運大廈頂樓露天停車場，倚在一列白色欄杆看海，有時是無聊，有時是不想回家，任悠悠海風輕輕吹，我真的不想歸去。

那是一九八三年，在海運大廈停車場看遠近兩邊逐漸亮燈的港九海岸，天還未暗便欲替代雲光，但總斑駁不一致地似暗中相抗，仍勉力映照一整代感時憂世的青年在移民和迷茫前景中尋求激勵，而我是無從表達的少年，文藝的啟迪教我略知〈喝采〉的不可能，什麼雲霧散、朗日吐？無從鼓舞，寧願有風繼續吹，結他頹廢音階幽幽地冷卻那如同火堆的眾燈。

五、以〈風繼續吹〉的頹廢改編〈喝采〉

如果〈喝采〉是不可能，為什麼整個一九八〇年代仍有許多青少年樂於唱頌？是否一九八五年張國榮演唱會上，張國榮與陳百強合唱〈喝采〉那經典的一幕，加強了這歌的說服力？我仍願意相信渴求感通的勵志，以扶持共探求抗衡的可能，即使兩位歌者日後擺脫不去抑鬱的纏繞，〈喝采〉始終在犬儒的世情之外，守候二人在冷卻的火堆中一再合唱。

　或者，我總想像一種另類的扶持，何妨以〈風繼續吹〉的頹廢改編〈喝采〉，又或以〈喝采〉的勵志合唱〈風繼續吹〉，關鍵在於勵志者理解抑鬱者發自腦際情緒機能的失控，抑鬱者也諒解勵志者拒絕下墜的扶持，終或由此對等感通情懷而真正達致對世情的抗衡？如果在天上的張國榮與陳百強不介意，我願意飄送這樣嘗試結合〈喝采〉與〈風繼續吹〉的十四行詩：

沒有人熄滅也不知何時點起
漸老燭光沒有人測量它微晃的熱度
彷彿剩餘一點光，招聚少數注意
熱烈後又悻悻然散入紛雜人世

似朝陽正初昇，又急遽正午
現在相信別有夜晚更燦爛虛無
儲存在收音機亂哄哄的歌曲內
什麼光明路、生命可貴。再亂舞

歌聲教世人奮進可沒想那歌聲
也來自浮浮輕易唱頌的人世
禁不住幻聽叫我從天台躍下

是你抑制地教我平伏蕪亂
再拾級回到不得已唯唯的地面
唱媚世一曲更獨自憤懣，暗偏離[6]

時代凌亂，人面似灰塵堆積，在天空隨雲團挪動。卡式錄音帶有沒有記錄年華？暗啞音軌也在心路留痕，我還可以向錄音帶說話嗎？它向我傾訴了什麼心語我決意永不公開，但仍有若干勵志話語刻錄在雲光，實在是它自己抑制了憂鬱才教我回頭。什麼雲霧散、朗日吐？無從鼓舞；什麼光明路、生命可貴。再亂舞。

在大廈頂層天台望向維港方向，幸有矮山和建築阻隔，我其實不留戀維港眾燈。雲團後有睥睨的光，微茫隱約另一傾斜城市，抑或是別種玻璃似的國度？大廈近街有往返願望深處的車群，但載不動全都市蔓生的野草。時代之風一吹冷卻了野火堆，再吹使野火堆化作團團塵堆，一方冷寂似把雲挪移到室內，寧願有電波有電台播送首首老舊的歡笑與離愁，伴地面片片人影縹緲，可知總有禁不住幻聽纏繞耳際叫我從天台躍下？幸有〈風繼續吹〉式的〈喝采〉收斂起昂揚勵志，抑制地教我平伏蕪亂。

音軌暗啞，街巷間是吠犬、黑蝶或小鳥的躍動？城市如掛鐘變形，每所大廈的窗都聯繫另一列病房窗戶，向晚獨餘醫院的光，浮動出生死與別離，仍有矮樹綠草相隨，變奏另類的生命言語。卡式錄音帶你別放棄頹廢，莫失落年華，何妨讓風繼續吹冷喝采：「路上我願給你輕輕扶，你會使我感到好驕傲……」

6 陳滅，〈喝采〉（節錄），原刊《信報》，二〇〇四年四月一日；收入陳滅，《低保真》（香港：麥穗，二〇〇四）。

香煙迷濛了什麼？

銀幕上的霧與人與影像，在一束強光下合一，又極力如煙逃逸，往四處分散的昏暗尋索特立的心。吸煙危害健康，文藝何嘗不是危害健康，抵抗世俗也是危害健康，認清生命也是危害健康，火花擦亮，煙霧縈繞，歌聲變得更溫柔，讓我也覺得難過。香煙燃點，我們的話語裊裊無形，但香煙虛幻些，還是人間虛幻些？無煙的世界潔淨無垢了嗎？世界的煙灰卻揮之不去，好像一場革命中的混亂，覺醒的姿態讓情感與情慾同時奔流，最極致的文藝，不諱言文藝帶來的創傷，不知哪是投入還是疏離，是抵抗還是混亂，什麼都別說，暫且背向世界，香煙迷濛了眼睛，卻廓清了心象。

一、什麼都別說

無聲空間漆黑無何有，直至細碎弦音引路，原音結他不經意般撩撥音符幾顆，餘響淡去後跌出一串索落零散，那聲音，就像煙霧一縷剛開始燃起，聯繫物與人感通的倦意。

剎那無聲的一頓後，鈸的連奏與鍵琴為伴，迎出電結他滑音前奏，懶散徘徊的音符似要跌出，又像慢速的電風扇，轉呵轉地循環一回，我的身體可以感覺到，那片音樂之風幽幽地吹送，一陣幾乎難以承受的溫柔樂韻。

八小節音樂前奏結束前，電結他最後以一顆上升音階滑音，迎出蔡琴中低音錯落有致的歌聲，一把善感的女聲，洞悉人世真幻，是一位特立的女性，在喧囂世態中保有天賦的娉婷、婉約而善感的心，哭笑皆由我，唯情愛錯落間難禁步伐稍亂，煙霧吞吐的一剎，音符如玻璃珠跌墜，當你察覺時且莫訝異：「只是那麼不小心　讓香煙迷濛了眼睛」[1]。

蔡琴〈香煙迷濛了眼睛〉，黃慶元曲，謝明訓詞，收入在一九九五年的唱片專輯《午夜場》，歌名的靈感可能來自一九三三年的英文老歌 *Smoke Gets in Your Eyes*，一九五八年經五人組合 The Platters 翻唱而更廣為流行，唯其演繹過於激情，我還是喜歡低調的〈香煙迷濛了眼睛〉。這歌另有姜育恆較早的版本，收入在一九八八年的《一世情緣》，姜育恆的版本節奏輕快卻似是一種掩飾，瀟灑語調掩蓋男性本能的壓抑；蔡琴的版本唱出特立女性的沉思自省，節奏較緩而旋律歌詞無異，卻比男性版本有更坦然的灑脫：「也許你只是想要安慰我　但是請你什麼都別說」，拒絕再聽對方的額外言說，她對變幻不會在意，不會在意，「只是那麼不經意　讓香煙迷濛了眼睛」，就在那麼不經意之一剎，透露更多歌韻以外的嫵媚，半分莫名的旖旎。

「你的神情變得好溫柔　讓我覺得好難過」，蔡琴唱出一個深情的女子，在變幻之際仍感應到，對方失落了的溫柔，她覺得難過，剎那間意會到那溫柔仍是一種變幻之姿：「也許你只是想要安慰我　但是請你什麼都別說」，是她回望嗎，是他泛淚嗎？是蔡琴揉合時代曲蘊藉唱腔與現代民歌質樸自然風格，演繹出〈香煙迷濛了眼睛〉這歌曲的音樂神髓，她不慍不火、不卑不亢地唱，活現歌曲的主體：一個敏銳、特立而睿智的女子，似與歌者合一，看穿了「溫柔」的幻影，但仍願意接納這溫柔，是難過，是疲乏，還是自身的敏銳使她不得不按捺住？煙霧廓清了心象，什麼都別說，香煙迷漫，香煙無色而有味，煙雲縹緲像她，所以香煙安慰了他，她會發覺，是香煙使他的眼神「變得好溫柔」，不必難過，香煙迷濛了眼睛，卻廓清了心象。

1　〈香煙迷濛了眼睛〉（節錄），黃慶元曲，謝明訓詞，收入蔡琴，《午夜場》（台北：點將股份有限公司，一九九五）；唱片封套資料標示蔡琴主唱版本的〈香煙迷濛了眼睛〉，由屠穎編曲，李庭匡彈奏結他。

浮生如寄，但人世間諸般歷煉，應不是白過；此間的不同經驗，很少會像情愛經驗遭遇

笑與淚的刻骨跌宕。同樣是一曲〈香煙迷濛了眼睛〉，姜育恆版本與蔡琴版本之別，不只是節奏、編曲、唱腔之別，也不只是男歌手與女歌手之別，而是從音樂聽覺上能感受出，二者在情愛經驗感應到的跌宕不同。〈香煙迷濛了眼睛〉的歌詞內容重點在於「迷濛」，姜育恆版本如實地演繹，配合男性的壓抑焦慮，唱出香煙如何帶來迷濛；蔡琴版本則把「迷濛」的源頭，從香煙置換為副歌中的「溫柔」，重新演繹一種看清溫柔之後的難過：「你的神情變得好溫柔　讓我覺得好難過」，煙霧升起，使「溫柔」、「安慰」都變成迷惑，只好請他，什麼都別說。

二、歌聲迷濛了眼睛

什麼都別說，香煙迷濛了眼睛，「也許你只是想要安慰我」，溫柔的幻影使她疲乏，也許，難過的只是那男子，香煙安慰了他，所以她別過了臉，轉過了身，背向世界，暫時拒絕一切的張望。

蔡琴在電影《地下情》，演出一幕動人的轉身。她飾演從台灣來到香港發展的歌手趙淑玲，有一晚在酒廊穿一身蔚藍色衣裝，演唱〈過盡千帆〉，當唱罷「千帆過盡　我仍是最寂寞的海洋」這句，過門音樂響起，這時她緩緩轉身背向台前，轉身前數秒，見到她低首流露

黯然神色，手緊握的米高峰稍鬆開又緊握了些，輕向右轉身，直至觀眾看不見她的臉。

關錦鵬執導、邱戴安平（邱剛健）和黎傑編劇的《地下情》[2]，是蔡琴少數參演的電影，她飾演女歌手趙淑玲，與同樣來自台灣的演員廖玉屏（金燕玲飾）同住，期間結識了模特兒阮貝兒（溫碧霞飾）與米鋪少東張樹海（梁朝偉飾），趙淑玲在影片中途遭遇命案而離世，卻引發廖玉屏、阮貝兒與張樹海的一段三角戀。

蔡琴在片中唱了四首歌曲，包括影片一開始時與金燕玲合唱〈恰似你的溫柔〉、在酒廊演唱的〈你的眼神〉和〈過盡千帆〉，以及影片結束時響起的主題曲〈地下情〉。[3]唱〈你的眼神〉（粵語版）時，在電影中的場面只作為廖玉屏、阮貝兒與張樹海三人喝酒聊天時的背景音樂，到另一幕，趙淑玲演唱國語歌〈過盡千帆〉，則作為主要場面。

廖玉屏向張樹海說：「她今晚心情不是很好，所以唱國語歌」，張樹海不明白，廖玉屏解釋原因：「男人啦，錢啦，或者Period來了」，張樹海沒有再問，只一面迷茫地再看轉了身背向台前的趙淑玲，過門音樂後，再轉身回復面向台前，接唱歌曲的下半段：「過盡千帆

2 《地下情》一九八六年八月在香港公映，關錦鵬執導，邱戴安平（邱剛健）和黎傑編劇，演員包括梁朝偉、溫碧霞、金燕玲、蔡琴、周潤發、周秀蘭等。

3 蔡琴以粵語唱出的電影主題曲〈地下情〉，另有國語版，收入在蔡琴的唱片專輯《人生就是戲》。

偏都是掠影浮光／千帆過盡　我仍是最寂寞的海洋」[4]。

火花擦亮，煙霧縈繞，歌聲變得更溫柔，讓我也覺得難過。

是一個深情的女子，是一片特立的身影，過盡千帆。

千帆過盡，音樂如風，吹得傾斜而嫵媚。

我突然把威士忌比平常更大口地喝，感到一陣抽搐，有點想吐但仍能平靜。如果喝酒也不能平伏，抽一根煙又如何？我已許久沒有抽煙，上一回抽煙，是多久以前的事了？我把播放機內的〈香煙迷濛了眼睛〉、〈恰似你的溫柔〉、〈你的眼神〉和〈過盡千帆〉等曲接連傾聽，這樣精準而自然旖旎的歌聲是怎樣唱出的？自中學時期從電台聽到〈你的眼神〉，我就喜歡上蔡琴的歌聲，後來在唱片店找到僅餘的一九八一年出版的卡式盒帶《你的眼神》，封面上的蔡琴架一副幼邊黑框圓眼鏡，穿夏裝淺色短袖椰樹印花上衣，配及膝褐色中長裙，坐在巷子一板凳，雙手合抱微微翹坐的單膝，短髮清雅的她正面朝向鏡頭，恬淡無笑而眼神輕柔，一身與歌韻結合之姿，散發靈動氣韻，又似雲朵飄逸溫柔而自適的心，可以想見那洞悉人世的善感、吹得傾斜的長影，歌聲像唱 *The Way We Were* 的芭芭拉史翠珊（Barbra Streisand）散發蘊藉纏綿，又像唱 *Both Sides Now* 的鍾尼米曹（Joni Mitchell）引領沉思低迴，這樣的歌聲不知為何，讓我著迷又覺得難過，使我難以抑制地再大口地喝，我明白威士忌不應如此喝的，但什麼都別說，只是那麼不經意，讓歌聲迷濛了眼睛。

三、散出了迷濛煙霧

從因緣際會的聯繫，似偶然又似有所命定，再從書信的寄與不寄、電話的斷續，至再次見面，鍾玲玲的小說《愛人》中的一根煙，連接了寄與不寄的斷續，掩飾了壓抑也解開了壓抑：

劉瀾自皮包裡掏出煙來，那林逾靜見著，也伸出手來，是打從這一點說起的。劉瀾說：「你不抽的。」事實上劉瀾從來便不曾見過林逾靜抽。那林逾靜便說：「平常不抽的。」劉瀾又說：「平常不抽，那此刻幹嗎又抽了呢？林逾靜突然漲紅著臉，向著劉瀾說：「我緊張。我緊張。我緊張的時候便抽。」劉瀾也說著：「是麼？我平常也不抽的，但這晚上我也緊張。」

林逾靜為劉瀾點火，她迎著上去、斜著眼，可以看到林逾靜微顫的嘴唇，那麼接近的，心才開始著慌了起來，那煙直點了許久才點得著。[5]

4 〈過盡千帆〉（節錄），梁弘志作曲，陳桂珠填詞，收入蔡琴，《此情可待》（台北：飛碟唱片，一九八四）。

5 鍾玲玲，《愛人》（香港：明窗出版社，一九八七），頁一四七－四八。

劉瀾一介剛滿三十之齡愛好文藝而一向沉實的已婚少婦，卻對丈夫以外的男子林逾靜生出莫名激越的愛，身處紛擾錯配人世，男子無法不猶豫失語、壓抑重重，是那女子願意真誠面對自己，是她敞開心懷以書信寄意，是她比男子更堅毅地確信，這樣的聯繫是來自兩心命定的感通。在二人首次咖啡座會面的段落，作者以香煙突破二人的無言，表面是香煙指涉的「緊張」的呈現，聯繫了二人，更內在是香煙的燃點，喻示劉瀾的女性堅毅，造就感通的聯繫、紛擾錯配的抵抗。

在咖啡座一幕，香煙一方面扮演它最經典的角色：一個話題開啟者，另一方面它自劉瀾的皮包被掏出來，在男子林逾靜看來，是一個誘惑的角色，「那林逾靜見著，也伸出手來」，男子承接話題的起始，也承接著那一份無聲、不經意的從女子皮包裡掏出來的誘惑，「林逾靜為劉瀾點火，她迎著上去、斜著眼」，喻示這誘惑因承接而得以昇華，二人微顫、心慌，不全是身體與心理結合的反應，更喻示反抗正常規範和紛擾錯配時的衝擊，兩心命定的感通相會時釋出的火花如一顆新星爆發，「那煙直點了許久」，真是點了許久，也許比文字所能形容的點了更久，當煙絲遭遇足夠溫度而達致燃點，在它那小小的宇宙內部發生了我們看不見的爆炸，之後將會有煙霧裊裊在二人互相吞吐之間，造就莫名的、穿越一切的神祕感契。

鍾玲玲的小說《愛人》由香港明窗出版社出版，我手上的書不是一九八七年出版時買，而是一九九〇年代中期在舊書店購得，小小的開本是一九八〇年代中至九〇年代初香港書業常用的袋裝書模式，二百頁的小書有若干印刷和釘裝上的瑕疵，最明顯是每隔數頁，便有一頁未完全「切邊」，不能完全翻開，又非全書不切邊，不是真正的「毛邊書」，當然在我輩看來，不妨視為一種不經意和不完全的「半毛邊書」，閱讀過程中，間以「鎅書」動作接續，好像斷續地執行一種向書本致敬的儀式，鎅開一頁，才得閱作者心血，然後發現，書的前半部分，絕大部分曾被鎅開，書頁之邊留有清楚可辨的鎅書痕跡，顯見我手上這本在舊書店購得的書，曾有上一任讀者已執行過這敬書的儀式，但到書的下半部分，書的一百多頁開始，卻是所有未完全「切邊」的跨頁，都未曾鎅開，可證上任讀者未讀完這書就放棄，且把它散出了舊書肆。

於是，我閱讀這書的下半部，每翻數頁就遇到未切邊的跨頁，需要慢慢鎅開，包括上文引用的段落，劉瀾與林逾靜首次咖啡座會面一幕，正位於一處未完全切邊的跨頁，是上任讀者放棄的書頁，也是這書未曾被了解的心。我懷著敬虔和愛惜，更小心地把書頁鎅開，認真向這「半毛邊書」敬禮，好像感應一具另類書魂，伴隨未切書頁破開之聲，讀到這書最深藏的心，可以感受到傾斜的筆畫、微溫的字粒，在我閱讀的小火焰裡，慢慢逐一燃點，散出了迷濛煙霧。

四、好像殘酷陰暗的是世界而不是我們

香煙在音樂和文學所蘊含的感情、意境，往往比現實生活所呈現的更趨複雜而細膩，不知是煙霧遮蔽了生活，還是生活掩埋了煙霧，幸知總有文藝帶來兩者的釋放。吸煙危害健康，是的，文藝又何嘗沒有危害健康，抵抗世俗也是危害健康，認清生命也是危害健康。最極致的文藝，不諱言文藝帶來的創傷，願意直面生活、情感或即使是一根香煙的陰暗面。

黃碧雲小說《微喜重行》的敘述中，香煙是一種微小生命慾望，它的實現總附帶著很實際的條件，在〈早上在此終結〉一章，敘事者微喜的哥哥陳若拙想抽煙，但身上沒錢。香煙的實現，成為他走路的方向，「那一晚你在天文台道那一個房間過的夜。你其實只是想抽一枝煙。如果有香煙，你不會到紅嘴唇酒吧」[6]，香煙是一種與日常聯繫的微小生命慾望，它平凡，「你其實只是想抽一枝煙」，卻帶一點不由自主地，引領著生活步伐，抽煙的慾望，與生死之間的慾望，近乎是同一的，有如〈重行〉一章的敘述：「在世界終結之前，如有一微笑浮現；可以忘懷，可以湮沒。」[7]生與死，煙絲的燃點再成灰，近乎同質，記憶和寫作亦然：「記下為了成灰。」有時，抽煙的慾望，也就是生活的慾望本身，平凡以外，對那慾望的記述，也等於是一種陰暗生命的直面，例如陳若拙在街頭遇上流浪漢向他索煙一段：

他的髮結了餅，眉毛遮眼，一臉的灰白鬍，很臭的站我們中間，問你，先生，有沒有煙仔？有沒有幾個毫子？他向著你，你立即給他一包煙，叫他，走，他不慌忙，好像流落街頭的是我們而不是他，（……）[8]

這記述，直面生命的陰暗，但記述本身也帶著殘酷的陰暗，許多時，吸煙與情感或抵抗都無關、與認清生命更無關，吸煙只是一種慾望，有時慾望會帶來遮蔽，教人分不清誰是流落者：「好像流落街頭的是我們而不是他」。

所以慾望平凡，慾望有時不平凡，因為它不只是慾望，關鍵是抵抗和認清，即使它有時也是出於本能的想像：「我以為所愛便是所有，我以為我可以與這個世界，爭上一爭。」[9]我讀到這句，很感震動，好像讀到書信中的一句，我明白，愛就是抵抗，但愛有時也是想像，而抵抗之成立與否，要視乎那愛的想像之所本，想像建於浮沙，那抵抗之力也弱。

游靜在〈同流〉一文有近似《微喜重行》該段的言說：「從前我只能想像你，我以為我

6 黃碧雲，《微喜重行》（香港：天地圖書，二〇一四），頁八一。
7 同前注，頁三三二。
8 同前注，頁八八。
9 同前注。

可以活在你內，我以為我願意放棄自己來成就你。」[10]愛是同流，是合一，但愛也是想像，「我以為我可以……」游靜〈同流〉與黃碧雲《微喜重行》在這共同的句式中，表達出愛的想像，也就是抵抗世俗的想像，這想像本身就是一種生命的慾望，「我以為我可以與這個世界，爭上一爭」，我以為可以的，如果仍欠缺一些條件，如果這想像也逃不出殘酷的陰暗，至少直面它，至少讓它成為一種文藝，好像殘酷陰暗的是世界而不是我們。

五、詩化了的情慾

蔡琴演唱的〈香煙迷濛了眼睛〉這歌裡，香煙是迷濛、是要逃避的溫柔，鍾玲玲的小說《愛人》，香煙是壓抑和誘惑，黃碧雲小說《微喜重行》，香煙是生命慾望以及對慾望的直面，也象徵直面慾望的敘述本身，在過程裡燃點以至成灰；我想起邱剛健的一首無題詩：

字和肉我都不能控制
桌子的肉
椅子的肉
香煙的肉
她躺在東西和東西的動靜之間

翹起一條腿
問我一個字

愛和革命我都不敢投入
誰推我一把
伸出一隻手
給我一枝槍
我走在城市和城市的遊擊之間
尋找一個人
殺死一隻鳥[11]

詩中的香煙是性和革命的混合，主體強調二者都不能控制、不敢投入，由此書寫出一種

10 游靜，《另起爐灶》（香港：青文書屋，一九九六），頁一三三。
11 邱剛健〈（無題）〉，原刊《七〇年代》一九期（一九七一年三月）；另見羅卡主編，《美與狂：邱剛健的戲劇・詩・電影》（香港：三聯書店〔香港〕，二〇一四），頁一九四。

性和革命的焦慮，也近乎是個人私密與時代集體的雙重焦慮，此外這詩也猶如黃碧雲《微喜重行》對慾望的直面，那書寫本身不免殘酷。「字和肉我都不能控制」，是書寫與慾望的焦慮並置，「愛與革命我都不敢投入」，邱剛健以近乎對稱的音樂對位，讓香煙的情慾和書寫的並置，與下一節的「槍」和「手」成為對照，襯托出情慾之抗衡，卻又同時反襯出一九七〇年代那被稱為火紅年代的革命焦慮，既是亢奮卻又是失語，彷彿一種情慾也無從釋放的內在掙扎。

邱剛健的香港時期詩作，好幾首情色詩的本質是情：他極致地把情慾詩化，或詩化了情慾。當然情色或情慾書寫，不論是否詩化，都不一定要與香煙或手槍相涉，我再想起黃碧雲另一篇小說，〈花城說〉的一節：

> 地車隆隆，流浪女子在車廂裡吹橫笛。阿花在我身旁，不知怎的，忽然靜了。吹橫笛女子下了車，車廂份外靜。（……）
>
> 此時地車的燈，突然「撲」的關掉了。在黑暗之中，我感到她極其濕潤的氣息，咻咻的湊著我的頭。她停止了發抖，還伏在我懷裡，雙手輕輕折著我胸前的衣服，拉著扯著，把我攪得混亂。[12]

小說以男子唐克明第一人稱敘述角度，道出在巴黎與闊別五年的大學女同學阿花相遇的故事，小說具有本文原想引用給讀者的，情侶或男女床笫歡好與香煙意象的相關段落，但一再細讀過後，感到地車一段更具動人心魄的性感、更值得向讀者引錄。是的我本具一種心念，不必一定有男女床笫歡好場面才是情色，也不一定引用有寫及香煙才與本文的「香煙迷濛了什麼」題旨相涉，我放棄原來的引錄，是因為我願意開始嘗試接受讀者能夠如此理解。

〈花城說〉所寫一九九〇年代現代都市的哲思和美、西方高度現代化文明的焦慮，以至流放異國的女子的情感失落，與邱剛健寫於火紅年代的情色詩〈（無題）〉相較，二者同樣詩化了情慾，邱剛健以「香煙的肉」針對火紅年代的革命亢奮，作一點近乎自嘲的微聲抗衡，〈花城說〉則書寫現代文明的虛無，人間的身分以至情感都難以定位，卻在一個突然變調的地車空間，好像一場革命中的混亂，情感與情慾同時奔流，反襯出更脆弱的情，既近乎呢喃的相親，卻又與滅燈的世界相抗，感應出二人的旖旎情色更離魂動魄，足教俗世關閉、列車翻落，如此詩化的情慾與情懷，不知哪是投入還是疏離，是抵抗還是混亂。

12 黃碧雲，〈花城說〉，收入黃碧雲、杜良、李焯雄、林夕、葦鳴，《小城無故事》（香港：創建出版公司，一九九〇），頁一一六－一一七。

六、煙話

吸煙危害健康，很可惜我們知道吸煙危害健康，很可惜我們不得不接受「吸煙危害健康」這訊息。

這世界有太多事物危害健康而我們無從阻止或避免，我們選擇服從對吸煙的禁制，這選擇本身，反映了我們對「這世界有太多事物危害健康而我們無從阻止或避免」這認知的焦慮。

我們這二十世紀一九六、七〇年代之交出生一代，活在被禁煙分割生活經驗的世界，童年到青少年時期經歷一個到處「有煙」的世界，至踏入社會的成人青年期，人間急遽演變成一個因禁制而「無煙」的社會。童年至青少年那「有煙」的環境曾染織我們的生活，身邊的大人，十之八九都抽煙，且具多種方式，一般成人吸俗稱「煙仔」又稱「香煙」的紙捲煙製成品，中年文人吸煙斗，老人家吸水煙，標榜「派頭」的抽雪茄，經歷多年抽煙修為，使他們能輕易呼出大小不同的煙圈，其間無分男或女，他們對各種香煙品牌，不管是「雲絲頓」、「總督」、「良友」、「沙龍」、「好彩」、「駱駝」、「健牌」、「萬寶路」、「555」，總有著比進食飯菜更敏感更挑剔的味覺感應，從眼神、語調可以辨認，他們對「煙味」的取捨有近乎意識形態的立場。

不論西式餐廳、中式酒樓或港式茶餐廳，每張桌子必備煙灰缸，不論私人住宅大廈、公屋或辦公大樓，電梯大堂必放置煙灰座，從電視、電台、電影、報刊以至街上的工地圍板、變電站外牆、天橋底，到處是香煙廣告，而廣告中的演員，大多是白種中年男人，經典形象是騎著馬翻山涉水去狩獵、或穿一身西裝攜著女伴，提供一種西方白人征服世界的優越感幻象，這幻象被那時代的煙民接受甚至嚮往，從未聽聞有人提出質疑，也許那定型觀念使人們感到安全，卻也鞏固了定型觀念對人心的支配，煙民鮮有關心香煙的生產與貿易背後的資本權力運作，可說是香煙在是否「危害健康」以外帶來的真實遮蔽。

從人類文明史角度，二十世紀是香煙的世紀，香煙廣告最興盛的年代，正是二十世紀最繁華的年代，卻也是最浮誇的年代。香煙燃盡，迷霧散去，二十世紀也如此告終。

也許，香煙的生活和經驗、香煙的生產與貿易、香煙的文藝，各留下不同印記、分屬不同具體生命處境。香煙的生活印證時代流變，香煙的貿易極力掩飾自身荒謬，香煙的廣告，毫不費勁就製造出使大眾輕易相信的幻象；而香煙的文藝，曾經訴說過什麼？還可以訴說些什麼？香煙燃點，我們的話語裊裊無形，但香煙虛幻些，還是人間虛幻些？禁煙的世界清純健康了嗎？無煙的世界潔淨無垢了，世界的煙灰卻揮之不去。

對煙說凌亂的話，它會否重組夜色？

尾班列車開出了，夜車都急趕
思想也錯過，軀殼恍恍惚惚
乘著煙霧，遊蕩到觀念的下一站

對煙說憤怒的話，把煙灰留給世界
對煙說堂皇的話，再用力捺熄
狠狠踩在地面，那荒謬卻保持原型
我是散去的霧，它是永不熄滅的香煙

對煙說禁忌的話，它卻把禁忌都留下
語言縮短了，煙霧掩去更多
對煙說等待的話，某年某月的某一天
那等待都以燃燒的單位量度

對煙說疲倦的話，句子散入室中
沾附眾人，疲倦也留下了氣味

柔煙總是縈迴，我只吐出亂雲
單獨地傾斜，難以開口道再見
吸入的一切我都明白
但吐出的到底是什麼？

對煙說凌亂的話，它不會重組
可是它美麗，留下不散的氣味
也許那未吐的煙霧、那吞下的說話
像已說了，日復一日縮短復點燃

吸下去，因為都吐出來了
燃點它，只因昨天的熄滅
煙霧相聚圍攏，一句更孤單的話
可以散去了，可以捺熄
等它消散卻不等它燃盡

如果靈魂像香煙，可以燃燒……
可是靈魂都沾濕了，燃不著
只有靈魂的等待像香煙一般燃燒
時針縮短了，像煙蒂散佈一地

對煙說頹廢的話，它會慢下來
世界的煙灰卻揮之不去，最後一次
對煙說凌亂的話，說疲倦的話
可否把世界熄去，把煙霧留下？[13]

電影院關燈後，當座位背後一束投射光照向銀幕，座位上方空間即現出裊裊煙霧，使香煙定了型，好像化成了電影，銀幕上的煙與人與影像，在一束強光下合一，又極力如煙逃逸分散出，搬演另一種生活，有砲火也有歌聲，夾雜情侶的吻、笑和別，一段一段人際的結合與分離，一切喧嚷時代的悲歡聚散，不似預定的戲劇，更像鏡頭淡入然後淡出，終究歸結為一霎煙化世態、一縷煙話人間。

13 陳滅，〈煙話〉，原刊《字花》六期（二〇〇七年三月）；後收入陳滅，《市場，去死吧（增訂版）》（香港：石磬文化有限公司，二〇一七），頁八二－八三。

今宵不知如何珍重

南風吻臉，一人感應出花香濃，另一人覺悟到星已稀，是彷若同命的交會；臨別依依，彼心感歎蒹葭如幻遮斷了棹歌，我意願信有夢再履舊約，都源自相知的情義。時代鏽澀，韶華蝕骨，同命相知的集體感通，歷經狂年摧折，怕恨瑤佩流空，碎裂成一廂情願的個體獨語；我把飲泣聲重重壓低，未敢驚擾今宵瞌睡中的香港。

一、洗滌那殘留不去的硝煙

街燈下夜蟲結聚，亢奮嚮往未知樂園，還未察覺地面滿布牠們奄奄一息的伙伴。救護車響號急行，為什麼側耳仍能聽見，街角兩邊總有男女輕聲吻別。空氣中仍遺留硝煙似的氣味，唯露宿橋下的老流浪漢目空一切，聽收音機傳來唯一熟悉舊曲，似步和這城市、這時代的傾頽：

南風吻臉輕輕　飄過來花香濃
南風吻臉輕輕　星已稀月迷濛
我們緊偎親親　說不完情意濃
我們緊偎親親　句句話都由衷
不管明天　到明天要相送
戀著今宵　把今宵多珍重
我倆臨別依依　怨太陽快昇東
我倆臨別依依　要再見在夢中[1]

一段四小節慵懶慢板的手風琴前奏，一推一拉之間宛似一組親暱對語，引出了一九五六年崔萍的一曲〈今宵多珍重〉，樂手以強弱分明的慢四步節拍，襯托歌詞中二人共對的離愁，又似是一種時代的催逼分離，教二人更親暱地與時代相抗；也許更難得是由衷對話所引導出的相偎相倚，使相親的情意更濃——也許二人有所感通就達致了美：「我們緊偎親親句句話都由衷」二句突顯這歌是出於一組二人對語，而副歌後從「我們」到「我倆」的人稱變化，尤其一再暗示並貫徹二人共同的情志：一種由衷的繾綣和感通的美。

樂曲來到中段的間奏，樂手輪流以手風琴、單簧管和長笛的連串協和，[2]意會到一種感通，不只歌詞中的二人，連樂手和歌者，以至樂音與聽眾都能感知那穿越不同時代的離愁：「我倆臨別依依　怨太陽快昇東」，一曲將盡，是不得已的離別，還是本應如此的流動？至少今宵以至他朝的思念，仍值得珍重。

南風吻臉，一人感應出花香濃，同時另一人覺悟到星已稀，有著同源的交通；臨別依依，一人感慨相聚太暫，另一人盼待夢裡再履舊約，源自相連的情意。這或是「句句話都由衷」的真意，不待言說，早已超越了離愁，現實時空遠遠不足以阻隔，二人到底說了些什麼，亦非催逼分離的時代可以理解；今宵最值得珍重的，自有集體世情無法相容甚至設法貶

1　〈今宵多珍重〉（節錄），王福元作曲，林達（馮鳳三）填詞，收入崔萍，《今宵多珍重》（香港：飛利浦唱片，一九五六）。

2　崔萍於一九六七年再重唱翻錄〈今宵多珍重〉，收入《心聲弦韻》（香港：ＥＭＩ，一九六七），該版本的伴奏音樂加入了圓號和弦樂。另有台灣鐘聲唱片、華聲唱片、麗鳴唱片、麗歌唱片和月球唱片據一九六七年ＥＭＩ版本複製重灌的版本。

抑的由衷纏綣。時代鏽蝕，年華銷骨，迷茫隱約有南風吻臉，彷似一陣雨仍徒勞地嘗試洗滌那殘留不去的硝煙氣味。

二、由衷珍重的異鄉猛步

〈今宵多珍重〉由王福元作曲，林達填詞，原唱者是崔萍，[3]另有紫薇主唱的版本。[4]填詞者林達即作家馮鳳三（一九一八－二〇〇六），另有筆名司明、馮蘅、司徒明，一九四〇年代已在上海《萬象月刊》以連載小說嶄露頭角，據其自傳謂「以替小型報寫連載小說與隨筆為主；曾是上海最多產的文人」[5]，一九五〇年從上海來港後從事寫作，為《新生晚報》「新趣」版撰寫散文專欄長達二十年，另於《晶報》、《成報》、《東方日報》發表多篇通俗小說，五〇、六〇年代參與電影編劇，也為多位國語時代曲歌手填詞，除了一九五六年的〈今宵多珍重〉，填詞之作還有張露原唱的〈爸爸愛跳猛步〉、〈異鄉猛步〉和〈藍色的探戈〉等等。

「猛步」是社交舞名詞mambo的另一種音譯（mambo在目前華語世界通譯為「曼波舞」），馮鳳三選擇使用「猛步」來譯，更能突出這種舞蹈的奔放動感，使得張露原唱的〈爸爸愛跳猛步〉幾乎是英語原曲*Papa Loves Mambo*的翻譯，可見其填詞功力，以及對舞曲和舞蹈感的敏銳。這份對舞曲的觸覺，實源自馮鳳三在上海舞場的實地見聞，他一九五〇年代到香港後的詞作，某程度上可說是夜上海舞蹈文化的承傳和轉化，透過舞蹈文化將上海與香港聯繫並實踐出新的都市文化；然而，當他把一九五四年的英語原曲*Mambo Italiano*命名為〈異鄉猛步〉時，又是怎樣的一種心情？[6]

馮鳳三創作〈今宵多珍重〉歌詞之一九五六年，他也在《新生晚報》專欄發表散文〈像上海的地方〉，寫出香港的上海重像，有若干相似，卻失落了「內容」：

> 我們上海人把此間的干諾道比作外灘，外灘係上海浦西沿黃浦江的地區，中環一帶，高樓矗立，與外灘自北京路到五馬路，那段差不多，一過中環，又像外灘的五馬路以南了。我們經過「中環街市」，便是嗅到上海十六浦那一帶的鹹腥氣味，風景亦更像了。北角稱小上海，但北角那邊缺乏上海那樣都市味。……銅鑼灣附近渣甸街口，這地方也神似上海市區中靜安寺路斜橋弄口。我是指加美舞廳所在地的樓宇之建築與附近的街

3 崔萍（一九三八－）是活躍於一九五〇年代中期至七〇年代初香港的國語時代曲歌手，首本名曲包括〈今宵多珍重〉、〈夢裡相思〉、〈南屏晚鐘〉等。

4 紫薇（一九三〇－一九八九），一九五〇至八〇年代活躍於台灣歌壇，六〇年代「四海歌曲精華」唱片系列歌手之一，首本名曲包括〈回想曲〉、〈綠島小夜曲〉、〈月光小夜曲〉等。

5 〈馮鳳三〉，收入劉以鬯主編，《香港文學作家傳略》（香港：市政局，一九九七），頁六七九。

6 張露主唱的〈異鄉猛步〉收入二〇一五年的復刻版CD《張露之歌》（Sepia Records，2015）。

景，渣甸街的「內容」卻不能與斜橋弄的幽穆比。[7]

跟隨馮鳳三的足跡，彷彿可以感應他追尋舊上海的氣味，輕輕浮在空氣中，實際上只存於一種回憶的感懷裡；可以感知一個上海人在異鄉猛步，漫遊於雙城的鏡像之間，一剎那的錯覺之後，抱怨香港銅鑼灣渣甸街的「內容」，遠遠無法與上海原鄉的巷弄相比。這樣的對照或帶有幾分被我稱為「陳氏綜合強迫性懷舊症」的哀愁：明知應該消逝，只有背影揮不去。

一九五〇年代初期從上海來到香港的作家，不少都曾以香港作上海重像，徐訏〈過客〉，劉以鬯〈酒徒〉、〈對倒〉等小說，以至馬朗的詩作〈北角之夜〉皆有類近描述，香港與上海這半殖民半封建雙城隱然神似，但到底香港只有如上海的霧化鏡像，徘徊斷裂時代的上海人極力懷戀對照，只撿拾出幾顆流落異地、歸返無期的心。同樣在五〇年代初由上海來港的歌者張露，當她以奔放而帶點上海口音的國語，急遽地在幾秒間唱出「熱烈猛步　異鄉猛步　熱烈猛步　猛步異鄉的猛步」[8]作一曲之結，狂熱中又有幾分掩藏的自我放棄？是的，在異鄉不妨猛步，如果此地在內心也無異他鄉，就儘管在異鄉熱烈地猛步吧。

由此再聽一九五六年崔萍主唱的〈今宵多珍重〉，慢四步節拍盛載的婉約情思，掩不去斷裂時代的催促分離，「南風吻臉輕輕」，然而「星已稀月迷濛」，相聚時刻短暫將逝，「我

倆臨別依依　怨太陽快昇東」，也許唯一可自主就是緊握由衷對語，甚且，既然彼此已藉感通情志達致了美，何妨相偎相倚向失落的城市、失落的年華，說一聲珍重。

三、「愛文」芒果與瞌睡中的少年

一九九〇年我到台灣升學，在男生宿舍飯堂看電視新聞，頗不滿於缺乏國際消息報導，更莫說中國大陸和香港消息，於是不知怎樣弄來一部小型收音機，夜間仔細調校那極微弱的短波（ＳＷ）頻道，收聽英國廣播公司（ＢＢＣ）中文台的粵語新聞廣播，有一次在新聞後，播音員講述時事專題其間，播送一首香港流行曲，正是一九八〇年代陳百強版的〈今宵多珍重〉，另一角同寢室的同學或玩紙牌，或絮絮地以電話與女同學通話，我心意凌亂，不知所止。

大一下學期剛結束未幾，期末考終結後，宿舍空盪陸續關閉，同學們紛紛執拾行李返家，而我則搬出校外另租房間居住，凌亂書籍尚未執拾妥當，就須準備奉令動身開赴成功

7 司明（馮鳳三），〈像上海的地方〉，收入熊志琴編，《異鄉猛步：司明專欄選》（香港：天地圖書，二〇一一），頁八五－八六。該文原刊一九五六年五月二日香港《新生晚報》「新趣」版。

8 〈異鄉猛步〉（節錄），Bob Merrill 作曲，司徒明（馮鳳三）填詞，張露主唱。

嶺，參與一代又一代大學男生的集體記憶。自一九五〇年代以來，無數香港、澳門及海外「僑生」，都必須與台灣本地準大一新生一起參加六星期的軍事集訓，只是那「梯次」不同，同系的幾個男生已於去年暑假入學前完成受訓了，我當時與一眾僑生於大一暑假前赴的，是與本地「五專」學生一起參加的「八十年度第一梯次」。

是以，出發前，我已從僑生前輩和台灣本地同學口中聽聞過不少成功嶺故事，有點惶惑、有點新奇又有點恐怕無意義地浪費時間，其實大一上學期已領教過上下學期必修的「軍訓」課，內容尤其與我性向相違，內心很不願意前往。唯眾多成功嶺故事當中，也不乏前人樂道的回憶，包括我中學老師和中學兄長輩師兄提到的故事，各有一點年代差異，與我後來實際經歷到的自有不同；使我有點欣羨的，是在鬼故事以外，有師兄提到一九七〇年代中後期，在成功嶺聽到的晚安曲：經歷一天疲憊、沉悶透頂的操演野戰、行軍練靶，聽盡排長班長的嚴詞訓斥、厲聲喝罵之後，晚間在差不多一整排弟兄共睡的偌大寢室，營區擴音機傳來低清而溫婉軟語的女聲歌韻，伴隨窗戶熱風吹送，實在過分地牽動少年遊子的心。師兄畢業後偶爾憶及卻未記得那是什麼樂曲，及若干年後陳百強版的〈今宵多珍重〉在香港流行起來，才憶起昔年在那溽熱寢室茫茫然入夢前聽到的，竟是紫薇主唱版本的〈今宵多珍重〉。

終於，開赴成功嶺的日子到了，出發前夕，有同學返家前送我一包水果，我未及察看，她已登車離校踏上返家之路，我帶另一位同寢室同學回到自己新租下的宿舍，他好像因交通安排的問題要在我住處留宿一晚，待明早我出發時才趕早班火車回家。那是七月初旬之夜，凌亂不堪的初租宿舍只有狹小一睡床和一桌一椅，而有限空間的地面全是未及整理的書籍、雜物和凌亂衣裳，同學伏在書桌上逐漸入睡，我打開紙袋才知盛載著一個台灣「愛文」芒果，我從未吃過，橙紅色果皮與我在香港吃過的黃皮芒果外觀很不同，香味卻是極相近，由此氣味使我猛然憶起兒時，祖母特別愛吃芒果，它的氣味在我小兒階段的成長過程中，留下比糖果更香甜的印象。我依著記憶中的畫面，小心把「愛文」芒果用手逐段逐段地剝去橙紅色果皮，才想到這種體積較大的芒果應該用刀切開才好，但我沒有水果刀。

橙紅色的愛文果皮逐漸被我小心剝開，一室瀰漫芒果獨有的甜香，伏在書桌已入睡的同學傳來細碎而低沉的瞌睡聲，我吃了幾口混和了記憶的果肉，不知為何淚下如雨，我強忍地把飲泣聲壓到最低，不想驚擾那瞌睡中的少年同學。

四、今宵實在不知如何珍重

陳百強版的〈今宵多珍重〉一九八二年面世，菲律賓裔樂人鮑比達（Chris Babida）將慢四步節拍的原曲，創新改編為南美情調的輕快舞曲，鄭國江重新填上的粵語歌詞卻極力保留原曲意緒，二者結合出一種新都市節奏，尤其中段的色士風（或稱「薩克斯風」）爵士樂本格間奏，引出一九八〇年代加快催促的離愁，使曲中的輕快成了一種反差，原曲婉約意緒的保留則化作懷舊風，襯托出不同年紀人們面對的共同離愁，因為對當時的人來說，一九八二年粵語版的〈今宵多珍重〉正是對基於不安前景而移民的一種反撥：

愁看殘紅亂舞　憶花底初度逢
難禁垂頭淚湧　此際杏月朦朧
愁緒如何自控　悲哀都一樣同
情意如能互通　相分不必相送

放下愁緒　今宵請你多珍重
哪日重見　只恐相見亦匆匆[9]

殘紅亂舞，時代愈益亂紛紛，都市戀人可否以原初的心重拾破碎的共同？杏月朦朧，也許前景迷茫，此曲仍願呼喚相分前的互通，也許部分呼應一九五〇年代的由衷對語，因著更堅固的共同而超越離愁，相分卻不必相送。

唯再重聽一九五六年原版的〈今宵多珍重〉，那慢板離愁因二人共同的由衷對語，已消溶泰半，而一九八二年的〈今宵多珍重〉在輕快的都市節奏中，卻更顯移民時代的催促分離，隱然有如一種瞌睡聲中的香甜之味，不禁重新墮入那表面輕快但心意更苦的一九八〇年代，而且原曲從「我們」到「我倆」的由衷繾綣，不意間已化作一九八二年版的個體獨語，甚至可能只是男子角度一廂情願的感懷——如果失卻彼此由衷的對語？「相愛偏不能容」的情人，是否只是那男子的重像？「情人無言地哭」，卻是否只是男子獨自一人在哭？殘紅亂舞，杳月朦朧，不忍移民時代叼走情人的影，男子詢問「愁緒如何自控」，事實是難以自控，卻仍極力超越愁緒，一再重複訴說那今宵珍重、珍重之聲：明知無法不消逝，只有背影揮不去。

時代鏽澀，韶華蝕骨，今宵實在不知如何珍重，只有「我們」和「我倆」不滅的由衷繾綣，向那茫茫消逝說一聲珍重，不忍世情叼走倩影，哪怕杳月多朦朧，待南風吻臉、待雙燕歸來，再相約雲霓，銜上朱樓去。

五、「我城只不過是你城吧」

我對陳百強版〈今宵多珍重〉在暗裡呼應移民情結的解讀，難免帶點一廂情願，但不妨將此曲與陳百強一九八八年的〈神仙也移民〉比對來聽，相對〈今宵多珍重〉寄託珍重的隱

9〈今宵多珍重〉（節錄），王福元作曲，鄭國江填詞，收入陳百強，《傾訴》（香港：華納唱片，一九八二）。

伏移民主體，〈神仙也移民〉驟聽有點似是輕鬆唱頌移民之舉，但很快可以了解當中的幽默揶揄，或更多是苦笑自嘲。

〈神仙也移民〉的樂曲改編自一九八〇年代英國女子組合Bananarama的*Love In The First Degree*，盧永強填上中文歌詞的〈神仙也移民〉借一個失足降下凡間的小仙子，講述八〇年代移民如何踏上不歸路的故事，但又似是暗喻移民的最終回流香港生根。歌曲開始不久，仙子降下凡間首先看到的，是播放五、六〇年代「粵語長片」的電視機和閃動中的交通燈：「睇到TV播粵語片　交通燈識得閃」，隨即引發仙子移民凡間之念：「移民慾念氹氹轉　然後決斷　要變俗人不歸天」[10]。

〈神仙也移民〉自一九八〇年代時興的新英倫風格舞曲，和應出節奏輕快幽默的小仙子故事，稍稍消弭了移民時代的不安，但為什麼會以粵語片作為移民或回流的觸媒？可能由於粵語片某程度上象徵一九五〇至八〇年代那接近兩、三代香港華人的共同鄉愁，以出自吳楚帆之口的「人人為我，我為人人」這家傳戶曉口號，[11]呼喚一種失落了的公共倫理。整個八〇年代，我們不時在新的電影和電視劇中，看到不同故事角色揶揄粵語片的舊派說教、節奏緩慢、文藝腔、濫情老套，但另一方面對粵語片中的經典父親形象例如吳楚帆、慈母形象例如黃曼梨、白燕，以至總是患病潦倒的耿介文人形象例如張活游、張瑛，仍是敬重和理解。

粵語片在飽受揶揄卻又始終受敬重的傳播和接受過程中，不覺間參與了一九八〇年代的香港身分認同，以至成為〈神仙也移民〉一曲從移民到回流的解讀關鍵。然而，八〇年代的觀眾重看五〇年代的粵語片，會否好像二〇二〇年代的我們重聽一九八〇年代的陳百強版〈今宵多珍重〉？我們已很難理解那移民情結的由衷繾綣，不知失落了共同的感通往復，還是失卻那揮不去的倩影；可能更像是董啟章小說《對角藝術》那位在大學教書的敘事者，一再省思對西西《我城》的閱讀：「作為在七十年代度過童年期的讀者，我曾經強烈地感覺到，自己就是當中的年輕人」[12]，然而面對新一代年輕讀者，敘事者可能帶點失落或晦氣地說：「我已經不能喜歡我城了」，年輕的栩栩卻對敘事者說：「我城只不過是你城吧」[13]；也許，陳百強版〈今宵多珍重〉歌中，那詢問「愁緒如何自控」的一廂情願男子，會終於頓悟歷經重重幻變的香港，本是一種失落了的個人鏡像，實已無法復見，一九五六年原版〈今宵多珍重〉中「我們」和「我倆」的集體感通，歷經狂年摧折，碎裂成一廂情願的個體獨語，卻是那「珍重」的最終依歸。

「我城只不過是你城吧」，我終於忍痛接受這最後的詰問，抑鬱或頹散都可以止息，但

10〈神仙也移民〉（節錄），Bananarama作曲，盧永強填詞，收入陳百強，《煙雨淒迷》（香港：華納唱片，一九八八）。

11 來自一九五三年公映的粵語片，中聯電影《危樓春曉》，由李鐵執導，張瑛、吳楚帆、紫羅蘭、黃曼梨等人主演。

12 董啟章，《對角藝術》（台北：高談文化，二〇〇五），頁一一六。

13 同前注，頁一〇八。

我城的純境猶在，仍願想像維港高空雲外，幻彩不到之處，闃靜無人卻聯繫城市每一窄巷小樓，同時播送崔萍版與陳百強版的〈今宵多珍重〉，前者以國語輕唱「南風吻臉」，後者用粵語低頌「杏月朦朧」，一九五〇年代與八〇年代在該處相逢，不單歌聲互敬，連歌者與樂人亦惺惺相惜，好像一部仍在播送粵語片的電視機，再向二〇二〇年代的今天喊話：雖然此地在內心已無異他鄉、雖然我們已不能擁抱，此地的香港，以及離散各地的諸般香港，今宵請多珍重、保重。

禁色與酷兒

電影開始時，穿一身民初風格黑馬褂的如花以男聲唱出〈客途秋恨〉，十二少與變裝的她／他，四目交投，一曲深情相响，幾抹俊秀粉黛，兩雙同樣英氣倜儻的眼波互相吸引，迸發如電光相會的感契；然而一個「酷兒」化的如花，與初會的十二少之間，份屬異性相愛，還是同性鍾情？也許不絕對可分，亦不絕對需要二分。五十年後，已是鬼魅之軀的如花在荒寂製片廠一角，尋著了尚在人間的十二少，向老態龍鍾的十二少耳邊輕輕唱出了幾句〈客途秋恨〉，十二少會害怕嗎？會逃跑嗎？雖然時代不合，我總想像，如花向十二少唱出的不是〈客途秋恨〉，而是達明一派的〈禁色〉：「無需惶恐　你在受驚中淌淚／別怕　愛本是無罪」[1]，但這

1〈禁色〉（節錄），劉以達、黃耀明作曲，陳少琪填詞，收入達明一派，《你還愛我嗎》（香港：寶麗金唱片，一九八八）。

效果，「惡搞」般的改編，會不會太恐怖？沒錯，幽恨的如花就是要故意捉弄十二少，向他施虐、使他驚恐。

一、異質的色彩

電光相會，剎那間穿越了地心，最真切的感通，沒有力量能禁止，但人們仍在期盼禁忌的衝破：「願某地方　不需將愛傷害　抹殺內心的色彩／願某日子　不需苦痛忍耐　將禁色盡染在夢魂外」，達明一派一九八八年的〈禁色〉以異色愛慾自主作為反抗，以「內心的色彩」和「夢魂」喻示一種感通和契合，或可簡稱「感契」，以及由此「感契」而生的無畏：「無需惶恐　你在受驚中淌淚／別怕　愛本是無罪」，人世間最罕遇的感契，它之所以閃耀於世，不是無條件的，在不同時代，往往附帶著禁忌和壓制，只有最真切的感契，足可使人無畏於俗世，達致愛慾和性別身分的自主：「無需逃走　世俗目光雖荒謬／為你　我甘願承受」。

〈禁色〉中的主體「你」和「我」，無明確的性別政治反抗，但具明確的作為「異者」的自覺以及對於禁忌的反抗。陳少琪創作的歌詞未言明禁忌之由，但多處以暗示描述雨聲象徵外在的侵擾、使主體害怕，主唱部分一開始便是「雨水」這意象：「窗邊雨水　拚命地侵擾安睡／又再撇濕亂髮堆」，雨水帶來的侵擾除了侵擾安睡，下一句的「撇濕亂髮堆」，暗示一個私密空間或一種禁忌愛慾，受到外力的干預破壞，以致主體「我」向另一主體「你」作出撫慰：「無需惶恐　你在受驚中淌淚／別怕　愛本是無罪」，由此再次呼應「撇濕亂髮堆」所指向被干預破壞的私密空間，是本應無罪卻成為了有罪的愛，由此突顯〈禁色〉所涉及的反抗，正是一種對禁忌的反抗。

歌中的主體「我」盡量撫慰另一主體「你」，除了「讓我再握著你手」表示親密的愛，更以承擔作為世俗荒謬目光的反抗：「無需逃走　世俗目光雖荒謬／為你　我甘願承受」；到副歌部分，主體提出其維護愛和內在自主的願望：「願某地方　不需將愛傷害／抹殺內心的色彩」，這「內心的色彩」令人聯想到一九八〇年代中期，香港暗暗興起的同志運動，以及〈禁色〉的國語版〈我是一片雲〉當中的「彩虹」意象。

〈禁色〉面世後兩年，達明一派分道揚鑣，黃耀明獨立推出個人專輯，繼一九九二年的《信望愛》和九三年的《借借你的愛》後，九四年推出國語歌專輯《明明不是天使》，當中包括〈禁色〉的國語版、由邁克填上國語歌詞的〈我是一片雲〉，除了再次呼喚對世俗的反抗，並在副歌部分唱出「劃一道彩虹在夢魂裡」[2]，由此而與〈禁色〉的副歌所提的「內心的色彩」互相呼應，而由「彩虹」這個性別平權者常用的意象，使「劃一道彩虹」比「內心

2〈我是一片雲〉（節錄），劉以達、黃耀明作曲，邁克填詞，收入黃耀明，《明明不是天使》（香港：滾石唱片，一九九四）。

的色彩」，更明確地喻示出性別自主和性別身分的認同。

由此再思考〈禁色〉的主體「你」和「我」的不同呈現，「我」似乎被強調以撫慰者的角色，向「你」提出「無需惶恐」、「無需逃走」，也同時是一個承擔者：「為你　我甘願承受」；而「你」的「惶恐」以及「你在受驚中淌淚」的形象，則呈現出「你」是較為柔弱的一方。副歌之後，另一段正歌再次出現「雨水」意象：「時鐘停止　我在耐心的等待／害怕雨聲在門外」[3]，這雨聲同樣象徵外在的侵擾，暗示其間是有壓迫，使私密的自主受到破壞，而且近在門外，副歌第一次提到「我」的「害怕」，則見原本的撫慰者、承擔者，也可以是受驚的柔弱者；但無論是撫慰者、承擔者或柔弱者，都具共同的性別自主尋求，在歌中是以「夢想」、「夢魂」、「夢幻」來喻示，而那「內心的色彩」，可包括撫慰者、承擔者，也可包括柔弱者，因那內心的色彩，本就豐富多調，不必以刻板印象的性別來定型，世俗中慣於簡化二元對立的二分主義思維者，自然無法理解和接受。

二、抗世意識的愛慾

〈禁色〉以電子鍵琴為主的三拍子配樂，帶一點Erik Satie（1866-1925）鋼琴名曲*Gymnopédies*的曲風，而更直接的源頭應該是一九八〇年英倫新浪潮樂隊Japan的歌曲*Nightporter*，節奏及和弦皆沿用Erik Satie的*Gymnopédies*，特點是音符落在第一和第二拍，到第三拍往往是懸空的，強化了慢版華爾滋節奏中第二拍份外延宕的效果，營造出一種擴闊了的空間感；Japan樂隊的主音兼作曲者David Sylvian，在沿用*Gymnopédies*的節奏及和弦的基礎上，當音符落在第一和第二拍後，加上第三拍的後半拍樂音，使之急遽地接到下一小節的第一拍另一音符，如此循環著*Gymnopédies*風格的和弦，配合David Sylvian的低調唱腔和歌詞，點染成頹靡、簡約而淒美的歌曲。

*Nightporter*收入在Japan一九八〇年推出的第四張大碟專輯*Gentlemen Take Polaroids*，唱片封面人物是以中性美男形象著稱的David Sylvian，他那半身頹靡豔妝而酷冷神情，很能呼應*Nightporter*的異色風格。*Nightporter*歌詞描述被禁止和被阻隔的愛，啟發自一九七四年的義大利電影*The Night Porter*（由本身是女同志的女性導演Liliana Cavani執導），以當下時空與回憶場景的交錯拍攝，敘述二戰時期納粹集中營內看守者與俘虜之間近乎禁忌卻又暴虐的愛慾，戰後多年，男看守者與女俘虜在維也納一所飯店偶然重遇，女俘虜目前是古典樂團指揮家的妻子，男看守者隱藏昔日身分，當上飯店職員，仍與戰時的納粹成員有所往還，曾飽受凌辱的女俘虜對昔日的男看守者沒有提出控訴，反而再次陷入一段施虐與受虐（SM／sadomasochism）的愛慾當中；影片的頹靡風格情色，對應戰爭創傷和政治歷史及其時日流

3〈禁色〉（節錄），劉以達、黃耀明作曲，陳少琪填詞，收入達明一派，《你還愛我嗎》。

逝，襯托出帶點反建制意味的、異質愛慾既殘酷又殘破的美。電影啟發Japan樂隊的David Sylvian，從他本人一度著迷的Erik Satie鋼琴曲，演化出結合新英倫音樂風格的現代歌謠，以多重詩化的暗示，訴說異質禁戀的頹廢式抗衡。

與達明一派的〈禁色〉比較，*Nightporter*的歌詞同樣強調主體「我」和「我們」對外在世界的恐懼，並由雨水象徵之：

> Our clothes they are wet; we shy from the rain
> Longing to touch all the places we know we can hide[4]
> （我們的衣服全濕透；避雨時
> 渴想企及一切可容我們藏匿之所）[5]

〈禁色〉其實很大程度上沿襲*Nightporter*的和弦、節奏以至歌詞的頹廢氣氛，但透過「世俗目光雖荒謬」、「別怕　愛本是無罪」、「願我到死未悔改」等詞句，更強調出對禁忌的反抗，它尋求的是「夢魂」、「夢幻」和「內心的色彩」所喻示的感契，由此對一切禁制再無畏懼。〈禁色〉面世數年後，作為〈禁色〉的國語版、邁克填詞的〈我是一片雲〉以一再變奏呈現的「劃一道彩虹在夢魂裡」、「留一道彩虹在夢魂裡」等詞句，呼應〈禁色〉中的「夢魂」和「內心的色彩」，明確地以「彩虹」一詞賦予其性別平權的引申義。

〈我是一片雲〉的性別思考比〈禁色〉明確，但歸於從文藝的感受角度而言，〈禁色〉的曖昧不言明，一方面是暗示也是突顯禁忌和世俗定見的可怕，另一方面更擴展了性別和愛慾書寫的可能，再看〈禁色〉歌詞的第一節：

窗邊雨水　拚命地侵擾安睡
又再撇濕亂髮堆
無需惶恐　你在受驚中淌淚
別怕　愛本是無罪[6]

它以「窗邊雨水　拚命地侵擾安睡」連接「又再撇濕亂髮堆」，如魔法般鏡頭展示愛慾的傾頹靜美，緊接以「無需惶恐　你在受驚中淌淚」、「別怕　愛本是無罪」，向同樣惶恐、

4 *Nightporter*（節錄），David Sylvian作曲、填詞，收入Japan樂隊的*Gentlemen Take Polaroids* (London: Virgin Records, 1980)。

5 譯自*Nightporter*的歌詞，筆者自譯。

6 〈禁色〉（節錄），劉以達、黃耀明作曲，陳少琪填詞，收入達明一派，《你還愛我嗎》。

受驚、淌淚的被禁制者，傳遞一項毋庸宣之於口的訊號：愛慾本身如何作為一種反抗。

由電影 *The Night Porter*、Erik Satie 的鋼琴曲 *Gymnopédies*，到 Japan 的歌曲 *Nightporter*，再到〈禁色〉和它的國語版〈我是一片雲〉，一重一重的文本互涉，從頹廢、反抗、慼契、無畏再歸結於性別平權，異色愈趨於無畏，然而隱晦頹靡的〈禁色〉，其歌詞仍是我心目中最頹最美最具抗世意識的愛慾書寫。

三、「酷兒」的異質的美

慼契的愛無從禁止，慼契的無畏成就了美，但對內在的、愛情自身的變化，始終無奈。由〈禁色〉想到梅艷芳主唱的〈胭脂扣〉：「漸老芳華　愛火未滅人面變異」，當中的「變異」，不完全由於歌詞首一節的「誓言幻作煙雲字」和第二節提到的「負情是你的名字」[7]，如果再看關錦鵬執導的電影《胭脂扣》和李碧華的原著小說《胭脂扣》，變異非關負情與否，卻某程度上是愛情的隘口。

李碧華的小說《胭脂扣》，以穿一身旗袍的女鬼現身港島西區荷李活道的報館，尋求刊登尋人啟事，作為整篇小說敘事的開端。女鬼對報館職員說：「我一定要找到他，我一定要知道他的下落」[8]。女鬼的堅決，源自等候的無著，女鬼向報館職員報名如花，尋人啟事僅有十字，內容是「十二少：老地方等你。如花」，女鬼跟著那下班的報館職員去宵夜，再跟著報館職員去坐電車，女鬼看著今昔變幻的街景，追憶一個一個已消失的名字，幽幽自語道：「去的時候，我二十二歲。等了很久，不見他來，按捺不住，上來一看，原來已經五十年。」[9]報館職員這時才意識到恐怖，有點滑稽地以會考歷史科不及格求饒：「如花，我什麼也不曉得，我是一個升斗小市民，對一切歷史陌生。當年會考，我的歷史是H。」[10]

電影版《胭脂扣》把原著小說中，如花現身陽間時對過去的追憶，作為電影的前景，一開場便是石塘咀金陵酒家的酬酢飯局，如花一身民初風格黑馬褂配卜帽的公子哥兒打扮，以男聲演唱廣東南音名曲〈客途秋恨〉，當十二少進房，變裝男性的如花唱到〈客途秋恨〉的這句：「你睇斜陽照住，個對雙飛燕」，二人四目交投，迸發如電光相會的感契；然而以男聲唱出內容關於一個書生思念青樓歌女的〈客途秋恨〉的，一個變裝男性的如花，與初會的十二少之間，終究是異性之愛，還是同性鍾情？關錦鵬的拍攝，為小說《胭脂扣》注入了「酷兒」成分，打破性別的簡化二分，以之呼應小說的青樓女子與世家闊少的真情禁戀。

當唱著〈客途秋恨〉的如花與十二少四目交投時，鏡頭拉闊現出飯桌上的眾人拍手一

7 〈胭脂扣〉（節錄），黎小田作曲，鄧景生填詞，收入梅艷芳，《梅艷芳（烈燄紅唇）》（香港：華星唱片，一九八七）。
8 李碧華，《胭脂扣》（香港：天地圖書，一九八四），頁八。
9 同前注，頁二〇。
10 同前注，頁二一。

輪後自顧吃喝，沒有再注意如花和十二少，這時二人仍在歌聲中相看，眉目輕泛的如花猶帶三分女性的嫵媚，卻由於一身變裝及使用男性化唱腔演唱〈客途秋恨〉，關目神情間展現出七分男性的英氣倜儻（加上梅艷芳的個人特質與精湛演繹），就是這「酷兒」化的如花、嫵媚化的倜儻，一曲深情相响，一抹英氣粉黛，教十二少神魂飄盪地，流瀉出知音欣賞目光，成就深情的感契，如花之於十二少，遠遠超乎青樓女子的位置，應有如明代公安派的袁中道〈小修〉〈殷生當歌集小序〉所言：「徵妓者，有出於慾之外者也」，由此，如電光相會的二人是異性相愛，還是同性鍾情，已是不絕對可分，亦不絕對需要二分。

電影與小說開場不同，其後故事情節發展仍是共同，二者到故事的中段，都敘述如花返回陽間尋找十二少下落，其異質的反抗的禁戀故事，不但感動了現實陽間的一對異性戀情人，更向他們默示了一種生命情調，真正「感契」的愛，使一對異性戀情人重思愛情本質，從疏離中調整過來。電影和小說都暗示，「酷兒」式的禁戀對尋常異性戀的啟發，可是到文本結尾呈現出的，卻是禁戀的變調：如花發現十二少根本沒有和她一起殉情，而是偷生人世、潦倒不堪地過活。

到了陽間的如花，她的身體一方面被視為了「鬼」（使正常世界的戀人害怕），另一方面亦因已成「鬼」的「身體」無法承受陽間的空氣而變得虛弱，最後一對異性戀情人獲悉線索，帶如花去片場找那聽說已當上臨時演員的十二少，原著小說沒有明言如花和十二少是否再次相見，敘事者「我」（袁永定）和女友凌楚娟二人帶如花在一眾臨時演員當中尋找十二少，走遍片場四周，卻連如花也忽然消聲匿跡了，敘事者以重複三次的「竟然是這樣的」，暗示有意想不到的場面。[11]電影則仔細拍出夜間的片場，身穿旗袍、一臉冷艷的如花找到了潦倒的十二少，在他耳邊唱出《客途秋恨》的幾句，歸還戴在身上的胭脂盒然後別去，沒有大眾預期的重拾舊情，卻留下一語覺醒和話別。

電影中的如花形象，由變裝男性化的民初黑馬褂配卜帽打扮開始，而結束於身穿旗袍的冷艷女鬼，暗示「酷兒」禁戀的自我崩解，其主因不是外力的壓迫、禁制，而是人間本相的變幻。電影結束時響起梅艷芳主唱的主題曲〈胭脂扣〉，「誓言幻作煙雲字」、「負情是你的名字」、「漸老芳華　愛火未滅人面變異」等句，呼應了故事情境又似未能道盡，誓言暗啞了嗎？負情的人兒安在否？在喧鬧酒樓飯局中開始的電影，結束於幽森冷寂片場，當十二少聽到如花以《客途秋恨》相認，他睜眼便見已成鬼魅的如花，十二少會害怕嗎？會逃走嗎？在我想像中的一次不可能改編中，如花唱出的不是《客途秋恨》，而是〈禁色〉的這句：「無需惶恐　你在受驚中淌淚／別怕　愛本是無罪」，如花最後的覺醒和決斷，再現出一股特立女性的嫵媚化倜儻英氣，一剎顯露後永遠消逝；即使愛情幻化、守候枉然，無礙那酷兒的

11 同前注，頁一八六—一八八。

異質的美，奄奄幻作永恆。

四、覺醒與嘔吐

夜半乘最後一班地鐵返家，我比平常早一站下車，想自己走一段路。走到油麻地邊緣，窩打老道口，剛過了馬路，街燈下見一女子扶著燈柱嘔吐，她的友伴在旁安撫照料，說幾句不知什麼，竟自己嗚咽起來，剛才嘔吐的女子好像稍稍清醒，扶著友伴到欄杆邊。我走到街尾不禁回頭，看見二人有點踉蹌地過馬路，在我視界中逐漸縮小。在這樣的都市，她們二人如真似幻，剎那間宛似夢中一境，不知誰人醉中覺醒，但強忍住未許自己嘔吐。

轉入橫街小巷，行人道一整列店鋪閘門深鎖，有些本已結業多時，閘門貼滿地產租售廣告，對面馬路仍有便利店傳來一點光，然後荒寂中一陣尖聲自遠而近，高調姿態催人懼怖似一具魑魅追魂，在這幾乎無車空街，警車自我失控般亢奮，高速響號馳行，另一邊街燈下有逃脫的疾影幢幢，是夜都市同質的頹唐嗎？急風寄懷吹瞑，轉眼那影已藏匿，留下覺醒與嘔吐，街角那邊不知誰人胡亂哼唱，半闕忘卻的歌：

持續的生活如酣睡者
而世界就是他的惡夢

我們痛快地橫過紅燈馬路
卻無法不受阻於制度

醉者的狂歌已經消褪
現在半臥路邊嘔吐
他的伴侶幽幽嗚咽
沒有身軀比覺醒的姿態更美

資本製成了廣告
巴士卻是一種憤怒
可惜它還是一站一站的停靠
不自主地告訴乘客
抗議就是一種自溺

三兩路人躲在避雨簷下
當大雨復轉急劇隔絕了去路

我們極力回想的記憶
反覆描畫那抗拒顛倒的人面
無法抵達的終站就這樣顯現

說不出未來的未來

煙霧不知自何方升起，幽幽應和一介頹唐憂鬱都市，似亂紛紛人際，傍晚下班時分，疲憊無力無方向的市民自車站的入口跌墜，像一件一件等待包裝付運的工業製成品，生產線上散落出一地撿拾不回的記憶。下班者隻身歸家，途上一路無言，唯市面的廣告、宣傳、招引、報導，附生於地鐵、巴士、車站以至路邊，聲聲緊隨不休，失序語言似報紙細碎鉛字粒，或個體更卑微苦惱，總難以排解，直至都市看清了自己和市民，直至，都市明白自己的憂鬱，也就是市民的憂鬱。

一、香港你有說不出的心

都市的憂鬱，在於失語。入夜以後，街道空盪得只剩下霓虹招牌，無乘客的士冷寂徘徊，終夜悱惻踟躕，不知所已；無友伴路人無我無物似無情，七一便利店外，風吹啤酒空鐵罐，翻滾路上碰擊出鐺鐺之聲，錚鏦而空盪，招引抗爭遊行的幽魂垂淚，空嘯聚。

都市你怎麼了？我欲聽但都市無言語，萬家的燈火熄滅一瞬再復明，急風一陣拂過了維港，都市搖搖頭似要說，都市不是無言語而是說不出。都市可否傾訴自己的感受？願借助雨點、借助煙雲，借助一息情侶的吻，可別如斯沉默太匆匆，好嗎？

都市頭頂的五彩色光願暫且熄去，獨留窗簾旁邊茶几上，一盞古典風格花瓣舒張的燈，流瀉出微微如弦韻的昏暗，伴奏時而沉潛時而俏麗的言詞，隨暗暖色光流淌，似顆顆勻圓紅豆，默數百遍不算痴，願盡量延長必將終結的一瞥或一段輕悄言語，都市我記得你火灼的回眸，教我神馳，願有船載走，代替都市的張望，可知眼波流離，正是你五內翻騰而說不出的言語。

說不出的語言，如今盡藏口罩內。二〇二〇年代之開端，香港有情懷洶湧、思想翻蕩、脈搏奔流，卻關在口罩內，所有吐出的語音不自覺地低了半個音階，難辨別變調的自己，認不出眼前帷帳、幢幢蔽影中的可是真的香港。關在口罩內的都市，說出的語調不知低了多少個半音，說也說不清，還是，已不知可說什麼？忘不了被租借的過去、被決定的未來，上一代從四面八方離散，下一代在機場關卡幻滅，歷史蛀蝕，書頁脫落，香港你有說不出的心。

「霧裡看都市　憂傷與灰暗」，夏韶聲以香港歌手中罕見的滄桑藍調歌韻，與大碟主題歌

〈說不出的未來〉的填詞人劉卓輝同一感應到都市的失語：「曾話過　這裡不變　我會逗留／你問我　我為何／說不出對未來的感覺」[1]，那是一九八八，在香港一浮城，人們看透一切標語和口號的空疏，一個期限過後還有另一個期限，人們知道還有一個更廣漠的香港，在未來浮盪。

一九八八年，搖滾樂人夏韶聲錄製名為《說不出的未來》的大碟，唱片封套是一幀黑白照像，夏韶聲以手掩蓋口鼻，正眼望向鏡頭，同時也是望向未來的人們，帶著焦慮、迷惑，甚或是一份不忍，似預見未來的未來，那使人以手掩蓋口鼻的未來，具更強烈的說不出，像人們在此世間也不知何往：何處是此間我輩根著的所在？何處是未來下一代凝視的中心？中心藏之，何日忘之，說不出那心底感受，卻原來那說不出的所在，就是香港，知我者謂我心憂，不知我者謂我何求！

二、超級市民的未來

夏韶聲一九八八年的〈說不出的未來〉，原曲是李壽全一九八六年的作品，名為〈未來的未來〉，本是萬仁導演的台灣新電影《超級市民》的主題曲。電影以城鄉結構說故事，認

1〈說不出的未來〉（節錄），李壽全作曲，劉卓輝填詞，收入夏韶聲，《說不出的未來》（香港：華納唱片，一九八八）。

真思考並試圖超越城鄉對立二分，拒絕提供簡化的出路。鄉土人到城市後，遭遇連番頓錯，但不一定因都市黑暗而歸鄉是出路，《超級市民》嘗試呈現都市內部人性複雜而真實的一面，勞力士（阿西（陳博正）飾）是城裡人卻有點王禎和鄉土小說人物的氣質，李士祥（李志奇飾）是鄉土人卻帶著預設的刻板印象目光觀察性工作者。《超級市民》不作城鄉簡化二分，更似有城鄉二者的氣質滲透。

李壽全作曲的〈未來的未來〉以低調的爵士樂風，慵懶而消頹地呼應張大春所作詞句，思考都市和人的變幻，副歌轉為吶喊詰問，沉思真偽和公理，仍思索不出真正答案：「告訴我　世界不會變得太快／告訴我　明天不會變得更壞」[2]，張大春似有意逆反「明天會更好」式的思維，願意更誠實地面對都市那同樣踏實而微小的期望，一種似乎更現代的期望：「明天不會變得更壞」，認真地帶引聽眾眺望有點模糊的未來：「這未來的未來　我等待」；色士風以藍調風格的自由即興樂句，穿插歌詞當中，灑脫間掩不盡暗自神傷，詰問都市的異化、人際的疏離迷失，如果不是老生常談，又何以超越之？

尾段副歌前，接二句過門短唱：「有人說　不要問我從哪裡來／有人唱　台北不是我的家」，具一九八〇年代台灣流行曲基本聆聽經驗的聽眾立即可知，張大春在這二句引用齊豫的〈橄欖樹〉和羅大佑的〈鹿港小鎮〉，「不要問我從哪裡來」來自〈橄欖樹〉，「台北不是我的家」來自〈鹿港小鎮〉，張大春引用它們的同時，也在〈未來的未來〉的沉思脈絡中，把二句原意對「在地」的憂鬱疑慮，置換為對「在地」的重新認同。緊接的尾段副歌中，李壽全以稍稍加強吶喊的唱腔呼應之：「告訴我　都市不適合流浪／告訴我　這是我居住的地方／告訴我　告訴我／這未來的未來　我等待」[3]，色士風協奏配合歌者重複唱詞，由此結束全曲，引出重新肯定以城為家之在地認同和根著之心。

李壽全主唱的〈未來的未來〉收入在一九八六年錄製出版的大碟《八又二分之一》，唱片封面是阮義忠的黑白攝影，陽光初照台北清晨的街頭照像，隱隱呼應《超級市民》寫實而抒情的鏡頭風格：電影結束前，勞力士送李士祥離開台北，火車駛過後，蹲坐月台有點落寞的勞力士，忽然看見李士祥沒有上車離去，二人隔著月台對視而笑，此時電影主題曲〈未來的未來〉響起鋼琴和色士風前奏，緊接連串慢鏡頭，逐一呈現台北的眷村、雨中的街道、街上的市民，眾多沉默或展笑或堅毅的台北市民，活在同一灰濛的都市天空下，紀錄片般的鏡頭客觀寫實卻揉合了抒情，無聲地，寄以對未來、對台北市以及一眾「超級市民」的祝禱。

---

2 〈未來的未來〉（節錄），李壽全作曲，張大春填詞，收入李壽全，《八又二分之一》（台北：飛碟唱片，一九八六）。

3 同前注。

三、足以昇華的對話

一九八〇年代中期，我們在電台和唱片店聽到羅大佑、李壽全等人的新搖滾，在香港藝術中心和影藝戲院看到侯孝賢、楊德昌等人的新電影，大大改變我們對台灣歌曲和電影文化的刻板印象，青山、姚蘇蓉歌聲中剛烈激昂的怨女痴男，[4]瓊瑤電影中浪漫言情的紅男綠女，只留在那模造熱鬧的世界。台灣八〇年代新搖滾和新電影，標示社會解嚴前夕的探索和湧動氣氛，對都市的省思、對鄉土的重認，揉合在現代藝術風格的樂曲或電影呈現中，香港讀者對此不單有共鳴，且發現甚多對話的可能。

李壽全《八又二分之一》專輯出版後，香港電台與香港唱片公司合辦「生活中的香港」填詞比賽，指定參加者須為李壽全的〈未來的未來〉重新寫作粵語版歌詞，[5]除此以外，田園、青文等二樓書店裡，一九八〇年代新創辦的《人間》、《當代》、復刊的《文星》，不約而同地置放於雜誌架的頂端，每月很快銷清，在在標示香港讀者對台灣新文化的共鳴。

在一九八六年舉行的「生活中的香港」填詞比賽，劉卓輝以〈說不出的未來〉獲得冠軍，由此開始他的填詞生涯。[6]當劉卓輝為〈未來的未來〉寫作粵語版歌詞，他保留了張大春所作歌詞原有對未來的沉思，再注入香港市民的未來焦慮，好像，台北與香港，都有一種共同的憂鬱，對未來有說不出的疑慮，卻又在那重重憂鬱、疑慮當中，重現「在地」的生命，我們何妨在那說不出當中，勉力掙扎出足以昇華的對話。

港版的〈未來的未來〉、劉卓輝填上粵語版歌詞的〈說不出的未來〉，最終由夏韶聲主唱，收入在一九八八年的同名大碟中，配樂與原曲大致相近，同樣由輕淡的鋼琴前奏開始，八小節後，原曲接入色士風樂句，粵語版則改用單音口琴，奏出與原曲色士風同一旋律的八小節樂句，導入主唱者的歌聲：「霧裡看都市　憂傷與灰暗」[7]，再接一段副歌唱罷之後，原曲是色士風樂句過門，粵語版改用電結他，旋律重新安排，從美國The Guitar Institute of Technology（簡稱GIT，即現今之Musicians Institute，簡稱MI）學成回港的Tommy Ho，據原曲和弦變奏出帶點激動又歸於沉思的樂句，重新接入另一段正歌：「那個要包裝　青春與

4 我對青山和姚蘇蓉的印象，除了電台和電視等媒介，主要來自師長輩的傳播，我記得初中時，中史科老師在課堂上談起姚蘇蓉，甚至哼出幾句〈今天不回家〉。又例如，讀到劉以鬯的《對倒》，第七節有以下對姚蘇蓉的描述：「他聽到姚蘇蓉的歌聲了。姚蘇蓉，一個唱歌會流淚的女人。當她公開演唱時，有人花錢去聽她唱歌；有人花錢去看她流淚」，參見劉以鬯，《對倒》（台北：行人文化，二〇一五），頁八二。

5 參考羅國洪、朱少璋主編，《香港・人》（香港：匯智，二〇一八），頁八五。另參黃志華，《香港詞人詞話》（香港：三聯書店〔香港〕，二〇一二），頁三五一。

6 「生活中的香港」填詞比賽的參賽作品除了劉卓輝的〈說不出的未來〉，另有黃開的〈去未來的地鐵〉，同樣是〈未來的未來〉的粵語版。黃開曾獲第八屆青年文學獎新詩初級組第一名、第五屆理工文藝創作比賽新詩、散文及小說第一名、第三屆中文文學創作獎小說組優異獎等。參見黃志華，《香港詞人詞話》，頁三五二。

7 〈說不出的未來〉（節錄），李壽全作曲，劉卓輝填詞，收入夏韶聲，《說不出的未來》。

奔放／誰高呼空虛　觀眾便心醉」，劉卓輝似有點質疑主流樂壇歌曲的套數，教聽眾逃避其中，忘了思想，故在另一段副歌引聽眾思考世界亂象：「誰做錯　世界到處有難民／誰做錯你要降世救罪人／你問我　我為何／說不出對未來的感覺」，似要說，那九七的焦慮，與我們對世界亂象的擔憂，是出於一種同命之感。

緊接的尾段副歌，原曲以吶喊的歌聲呼喚在地認同，粵語版則向久經麻木的聽眾呼喚新的感知：「告訴我　你會叫喊與淚流／告訴我　這個世界叫地球」，是的，我們實不忍見大眾對未來麻木，但我們明白大眾麻木和逃避的原由，是出於一種無從參與、無從改變的無力感，劉卓輝和夏韶聲都明白的，歌曲尾段有連串與原曲一致的吶喊，呼喚聽眾「告訴我」，亦即呼求大眾拋卻麻木來回應：「告訴我　你會奮鬥到盡頭／告訴我　看到了自由」，因而，當歌者最後一遍唱出「告訴我　我為何／說不出對未來的感覺」，配合電結他的藍調曲風高音亂奏，真教聽者有錐心刺骨的痛感：失語的都市告訴我，你仍曉得吶喊，仍有淚水，告訴我，都市未肯放棄，但什麼是自由？什麼是未來？一九八四、一九九七，以至愈來愈迷離的二〇〇三、二〇〇七、二〇一四、二〇一九、二〇二一，香港經歷了多少次未來？香港還可以承受多少個未來？香港還是否可以自主地思考未來？那未來的未來，也許永遠，都是個說不出的未來。

四、詩緣靈光相隨

夏韶聲的《說不出的未來》大碟出版之時，也是我經歷人生第一次重大轉折之年，一九八八年我立定志向，要到台灣求學，終於兩年後出發。至一九九七年，我又經歷另一次轉折，結束在香港中文大學中國文化研究所的三年助理編輯工作，也等於放棄對魏晉南北朝古文獻繼續鑽研的機會，入讀嶺南學院中文系首屆開辦的哲學碩士課程，[8]跟隨剛從香港大學比較文學系轉到嶺南學院中文系任教的、我心目中的文學偶像梁秉鈞（也斯）教授，踏入尚處起始階段的香港文學研究學門，研究一九五、六〇年代香港新詩。我很記得九七年六月中，收到嶺南學院寄來錄取通知書時的心情，翌日回到中大的辦公室，即撰寫辭職信呈遞，下班後我捧著幾函線裝重印古籍到新亞書院錢穆圖書館還書，出來後沿斜坡路下山，看見傍晚吐露港初亮的眾燈，在心裡點亮，晚風吹散日間熱浪，彷彿沿路另有詩緣靈光相隨，罕有地遭遇一種文藝宗教式的洗禮，我心意清澄，感到步步踏實在足下，很清楚自己追求的是什麼。

兩星期後，香港舉行隆重的回歸大典，一九九七年六月三十日，整天綿雨不息，在立法

8　嶺南學院在一九九九年七月起改稱嶺南大學，成為獲大學教育資助委員會（UGC）資助的八家大學之一。

會大樓露台、愛丁堡廣場、皇后碼頭、會展新翼廣場，各有官方或民間、個人與集體的不同活動，個人的未來、城市的未來、時代的未來，似互相糾結，堅毅中不知失落了什麼，連整個大時代鋪演出來的大場面、大言語，竟也坦白地流露出一點猶豫，撇除一切套語、口號或官方宣傳似的口吻，雨中的香港在命途轉折分岔路，難得地面對真正的自己，忘不了被租借的過去、被決定的未來，離散的人兒怎麼了？回歸的人兒悄落淚，實在說不出，對未來的感覺。

整整十年後，二〇〇七年中，我已擔任過一些合約教職、副學士課程和中學教師在職培訓課程的兼任教職，陸續簽過好幾份以「月」為單位的合約，不確定的生活中以書評言志。同年一月中，朋友們繼天星碼頭事件之後，發起保衛皇后碼頭運動，我間中參與聲援者的讀詩活動或到場探望朋友，三月的某一晚，大約十一點多回到旺角，走出地鐵站外的地面，沿西洋菜街南行，路邊三三兩兩聚集了疲累的寬頻上網推銷員，他們來自不同公司，身穿不同制服，互相「對數」或交流或總結一天的工作成績。

自二〇〇〇年開始，政府把旺角西洋菜街劃為「行人專用區」，日間至晚上有各式行人自發的街頭表演，也有眾多寬頻上網服務、保險、信用咭等等的流動推銷員，沿路設臨時攤位招攬顧客，路人除非有迫切需要或本身意志特別薄弱，否則都不予理會，有人厭惡其略帶滋擾的推銷動作，也有人取笑其公式般的招徠術語「埋黎介紹番……」，但那一晚我看見疲累的推銷員三三兩兩嘯聚，總結一天可能了無意義的工作，在那顯得有點寂寥卻仍有霓虹與街燈火照的，接近零時的荒街，忽然覺得沿路的疲累推銷員，與自己、與皇后碼頭以至整個香港，好像有著共同的命運，卻不太肯定是怎樣的命運，也許是一種共同的不由自主，我哼著夏韶聲的〈說不出的未來〉，回家就寫了一首詩，題為〈說不出的未來——回歸十年紀念之一〉：

寬頻人、信用人、保險人、問卷人
一伙一伙的聚集，夜了是時候變回自己
這裡是旺角，西洋菜街、通菜街、豉油街
生活就是這樣，但什麼改變了？沒有人記得
寬頻人可以給你優惠，但這是最後一天
信用人送你未來的贈品，要是你能填滿一個數
保險人教你相信未來：未來隨時都會變改

五、什麼是未來？我們尚要等候

我把活躍於西洋菜街行人專用區的一眾流動推銷員，稱為「寬頻人」、「信用人」、「保

險人」，路人不喜理會的流動推銷員，在我筆下是一身不由自主的外衣，我理解那渴望變回自己的心情，而先決條件是，應付好各種程式一般預設了的任務，我嘗試寫實也諷刺推銷工作當中的荒誕，但不忍諷刺推銷員本人，真正荒誕的是推銷員身後操弄著的大公司，隱然也是這城市深藏的未來：

什麼是未來？我們尚要等候，但他們的公司已先抵達
他們為我們設計的未來了，寬頻人、問卷人、保險人
是時候回家，還是去唱K，喝一杯，還原為一個人？
世界就是這樣？時代換了什麼型號，電器人？
購物人已結業，自由行都打烊了，旺角才更抖擻
信用人要不要提供優惠給寬頻人？問卷人互相詢問？
誰都知道那不是真正的調查，誰都不在乎
這裡是旺角，西洋菜街、通菜街、豉油街
從一九九七出發，經過九九、零三，還有什麼新聞？
只有十年前的人，留下將來的形狀，一些詢問

這城市有無數的人，辛辛苦苦爭取為要躋身某某公司，成為一家機構的職員、店鋪的僱員、學校的教員，彷彿就得到一種未來，哪怕它只是一紙合約，文件以英語按照一家機構、店鋪或學校的利益立場，帶著君臨統治的姿態，寫著未來的某一月日，合約將會期滿，職員好比童話中的灰姑娘，還是更像一個叫做香港的城？不，灰姑娘也應有自主的生命，零時將到，何妨還原為一個思想獨立的人？更盼有同樣獨立的伙伴，暗夜裡，可以互相詢問，至少說一句話，不致全無聲息，我們應當在乎，但這裡是旺角：

永遠都有煙花，但霓虹為什麼閃爍，又缺了筆畫？
那倒閉店鋪的招牌仍高掛著，多少年了？
有時在雨中忽然閃過，那沉睡的霓虹更像幽靈
叫人們永遠記著那店鋪，那碩大的形狀
現在只低聲地唱，K歌人，選曲機中有沒有
作給寬頻人、信用人、保險人、問卷人的歌？
夜了他們已收拾行當，結束獻給這時代的一切宣傳
那優惠、那贈品、那未來？那數字、那不得已的誘騙

從一九九〇年代中至二〇〇〇年代的十多二十年間，人們下班後喜歡跑去卡拉ＯＫ，隱然為一種潮流，你方唱罷我登場，真荒唐，整夜為他人的愛情悲歌，但選曲機中有沒有作給上班族的歌？有沒有作給塵世間不由自主者的歌？還是，我們根本從來不曾擁有一首屬於自己的歌。小學時代音樂課本的歌，有幾首印象深刻的新疆民歌，「掀起了你的蓋頭來，讓我來看看你的眉」，未來就藏在那我們從不曾見過的「蓋頭」，因從未得見，而無從「掀起」。「在那遙遠的地方，有位好姑娘」，是否整個城市的未來，也在那遙遠的地方，總歸仍逃不出，城市說唱買賣的誘騙，也就是人們的公司責使每個成為職員者去做的事。

世界就是這樣，不用問，還要這樣繼續下去
不會有我們的歌或城市的歌，什麼改變了都不用問
寬頻人、信用人、保險人、問卷人還有電器人和車牌人
夜了是時候收起易拉架廣告，變回自己來嘯聚
這裡是旺角，西洋菜街、通菜街、豉油街
夜了會有更多十年前的人，透過選曲機去想像
昔日曾唱過那說不出的未來；但未來已變成一張合約
教我們記著那條文、那趨勢、那回贈

誰都知道那世界的底蘊，誰都不在乎
那發展、那廣告、那即將過期的荒謬
但什麼是荒謬？我們尚要苦思，而我們的機構已把它寫入
他們為我們編著的合約了，寬頻人、信用人、保險人
不斷變身的兼職人、頻臨絕跡的文字人
一切不由自主的教育人，可否與即將到期的生命相約
去簽另一份約，還是去喝一杯，何妨再變回一個人[9]

我寫這詩時，腦際先有節奏和音調，再有點似填詞一般填上詩句，不刻意押韻，但有一句接一句想像的歌韻，使填上的用字自然協和。想像的歌韻有沒有呼應到夏韶聲〈說不出的未來〉呢？李壽全一九八六年〈未來的未來〉面世後兩年而有夏韶聲〈說不出的未來〉，李壽全〈未來的未來〉指涉當時的台北，夏韶聲〈說不出的未來〉在一九八八年想像九年後的香港，我的新詩版〈說不出的未來〉在二〇〇七年穿插「十年前的人」這樣的符號，與一個

9 陳滅，〈說不出的未來——回歸十年紀念之一〉，原刊《明報》「世紀版」，二〇〇七年三月二十五日；收入陳滅，《市場，去死吧（增訂版）》，頁五四－五五。

一個不由自主的合約人，思索在回歸十年的香港，如何重新「變回一個人」。時代染織台北和香港的未來，如今另一十年又過去了，我們昔日忐忑疑慮的未來，如今僅剩模糊記憶。

世態與人間的未來都不斷變改，關鍵始終是我們如何理解未來。「什麼是未來？我們尚要等候，但他們的公司已先抵達／他們為我們設計的未來了」，但願我們不必自限於他人設計的未來。

「來日滔滔來，去日滔滔去。適然百年內，與此七尺遇。爾從何處來？行將徂何處？扶服徑幽谷，途遠日又暮」，王國維的詩句，彷彿向每一個在歧路踟躕的征人問詢，未來永遠如同符咒，幸有音樂和詩，自由卻似失落的良人，不知何時再與都市對飲，會有那麼一刻，破卻失語。

昨夜拋棄感覺的渡輪上

乘客懷著岸上比海面更顛簸的心語登上渡輪，語言無從抑制地傾瀉於甲板，夢殘、月落，抑或只是身心虛脫？碎散字詞顆顆像綠色的嘔吐物，嘔吐出什麼？傾訴了什麼？還有幾許說不出的心語？結他醉極迷亂，曼陀鈴踟躕不語，什麼都別說，只消互報一眸，渡輪都理解的，理解那疲憊、那迷惘。終日顛簸的渡輪也曾渴望登岸，但知乘客上岸後仍沒有上岸的感覺，乘客根本失去了感覺。渡輪你可知，乘客就是靠拋棄感覺以換取生存的，渡輪你可知，陸地遠比大海動盪。

一、「在這誇張的城市裡」

在航空客運普及以前，旅客到香港主要乘輪船，又或海行經香港暫留再出航，自一八四〇年代至一九六〇年代，旅客對香港的第一印象就是維多利亞港，作家記述從船上眺望港九海岸，又或縷述登陸碼頭諸種情狀，在一九三〇至四〇年代已留下不少作品，巴金《旅途通訊》、《旅途隨筆》、胡適〈南遊雜憶〉、戴望舒〈航海日記〉等作都提到船上眺望香港所見，張愛玲且把本身經驗化為〈傾城之戀〉中重要一幕：

那是個火辣辣的下午，望過去最觸目的便是碼頭上圍列著的巨型廣告牌，紅的，橘紅的，粉紅的，倒映在綠油油的海水裡，一條條，一抹抹刺激性的犯沖的色素，竄上落下，在水底下廝殺得異常熱鬧。流蘇想著，在這誇張的城市裡，就是栽個跟頭，只怕也比別處痛些，心裡不由的七上八下起來。[1]

這一九三〇年代的維港碼頭景象，與八、九〇年代仍有若干接續的聯繫，碼頭一帶以及岸邊樓房的屋頂上，全是紅紅綠綠的霓虹廣告牌，各種形態的發光美術字，好像豁出自己一般地為要吸引訪客目光，極力地、費盡心思地求取訪客掏錢去光顧，一種彷彿演員與魔術師混合的廣告家姿態，「巨型」而「刺激」地在海面倒映、浮沉，難怪張愛玲說，這是個「誇張的城市」。

在廣告家眼中，訪客就是一枚一枚發光的錢幣，是的，在這誇張的城裡，訪客如果意志不足、明辨的心不足，如張愛玲所說，裁個跟頭也比別處痛些；但那是對訪客而言，對於本地人、居住香港良久的人，都了解那霓虹色相的幻象，不那麼容易受傷，但他們仍會感受來自城市的創傷：痛感於那自貶、自我的設限和矮化。是的，香港是個誇張的城，但其誇張遠遠不止於外在的霓虹廣告，更是內在的自貶和自限，這才是香港最誇張之處。相比於前者，那深深隱藏的創傷，萬一為比張愛玲更眼利的訪客發現，恐怕會瞠目結舌，什麼都寫不出；又或，訝異於這城市竟比她想像中更要誇張得多，於是把〈傾城之戀〉中白流蘇初到香港一幕，寫成另一模樣：「流蘇想著，在這自貶的城市裡，就是寫點文字，只怕也比別處痛些」。

二、「有香港特色的景點」

渡輪有如電車，乘客不在乎其慢，它的本質實為一種情志，負載不同的張望、等待、憤懣和渴求，碼頭則是情志的轉折處。情志消逝、轉化，部分留於建築，還會一直累積。二〇〇六年十一月十一日，中環天星碼頭的最後一夜，每個人都舉起相機，我不知還可以拍下什麼，只想用眼去記著，也只有眼睛可以把記憶中的映象與當下現實重疊，也許這種只能呈現於肉眼的今昔交疊幻境，才是這碼頭的真相。

1　張愛玲，〈傾城之戀〉，《傳奇（增訂本）》（上海：山河圖書，一九四六〔上海書店一九八六年重印本〕），頁一六五。

清拆中環天星碼頭的消息自二〇〇五年已傳出，這城市像患上香氏新型強迫性拆樓症，無法自已，當時甚至有立法會議員振振有詞地提出，最好連九龍尖沙咀的天星碼頭也一起拆，好把碼頭外的巴士總站一併改建為「有香港特色的景點」以吸引遊客。這是一種需要施行化療的「香氏末期惡性拆樓症」，九龍天星碼頭外的巴士總站，本身不就是「有香港特色的景點」了嗎？早在二十世紀初，九廣鐵路尖沙咀總站建成前後，碼頭外的巴士總站已存在，是百年景觀，是不知多少世代港人和旅客的中轉站，意義遠超所謂的「景點」。在香港居民心中，香港不是霓虹廣告，但什麼時候開始，香港真的變成了霓虹廣告，豁出了自己，為要吸引哪怕只一瞥的訪客目光，什麼時候開始，居民在自己的土地「栽個跟頭也比別處痛些」。

二〇〇六年的雙十一，即十一月十一日過後，中環天星碼頭鐘樓停響，不再有渡輪泊岸，當晚，碼頭閘口外有搖滾樂隊的歌聲、有牧童笛吹奏的模擬鐘樓鐘聲，有人全身穿上鐘樓一樣的服裝，扮演成一座活的鐘樓四處奔走呼救、也有人沉默煮維港海水，牧童笛吹奏著、鋼片琴伴奏著，他們身後還有一列每枚皆畫上鐘樓模樣的蠟燭，慢慢地燒到最後。在這一切當中，在那已關閉的閘口前，朋友們在樂隊歌聲間斷時讀詩，我則向圍觀的陌生朋友講述無聲息地消逝的中環卜公碼頭、佐敦道碼頭、旺角山東街起點的旺角碼頭，如果可以，我很想唱一曲〈昨夜的渡輪上〉：

夜渡欄河再倚　北風我迎頭再遇
動盪如這海　城在兩岸凝神對視[2]

〈昨夜的渡輪上〉由林功信曲，馮德基詞，李炳文唱，後來劉德華翻唱過，但絕不能聽劉德華版本（雖然音樂上是很具創意的改編），必須找回李炳文的原唱版本，才能感應如同身邊朋友般平凡而切身的憂鬱。〈昨夜的渡輪上〉原是一九八一年香港電台「城市民歌公開創作比賽」的優勝作品，收入在同年出版的《香港城市民歌》大碟中，同碟還有區桂芬、葉源春唱的〈問〉、陶贊新唱的〈童真〉和林志美唱的〈晨曦〉等曲，皆屬一時經典，《香港城市民歌》專輯反應良好，未幾再推出第二輯，名為《香港城市民歌Encore》。

一九八〇年代初，主流樂壇很多改編外國歌曲，尤以當時日本流行文化、日本時裝、日本漫畫、日劇粵語配音片集、日本偶像歌手等等一時風靡吸引香港青年，主流樂壇因應此風，卻未有完全順應下去，有知者反倒逆反主潮，提倡原創歌曲、創作歌手、改編較小眾歌曲以至提出「城市民歌」等概念。最初，香港城市民歌借鏡六、七〇年代英美民歌，也受七

2〈昨夜的渡輪上〉（節錄），林功信作曲，馮德基填詞，收入香港電台城市民歌公開創作比賽優勝者，《香港城市民歌》（香港：CBS新力，一九八一）。

〇年代中後期日本歌謠曲和台灣「校園民歌」的啟發和影響，馮德基當年參加香港電台「城市民歌公開創作比賽」的舊曲新詞組，原曲是台灣校園民歌、劉藍溪原唱的〈微風細雨〉，收入在劉藍溪的《夏夜》專輯（台北：新格唱片，一九七九）中，鄧麗君也曾翻唱，收入在《一個小心願》專輯（香港：寶麗金唱片，一九八〇）。[3]

劉藍溪原唱的〈微風細雨〉由林功信作曲兼作詞，歌詞配合主題「微風細雨」，藉雨景營造詩意和浪漫感覺：「淋的世界充滿詩意」，歌中的主體「我」與次主體「你」情感共通，而作為客體的世界、小草亦能配合：「看這世界多麼美麗」、「小草也在輕聲低語」，由此形成一首主體客體和諧無衝突的詩情歌曲；而在編曲配樂上，劉藍溪一九七九年版的〈微風細雨〉由結他、曼陀鈴、長笛、口琴、弦樂加上女聲和唱組成，尤其當中輕柔的長笛和婉約的女聲和唱，強化了浪漫氣氛，配合歌詞的「微風細雨」內容。鄧麗君一九八〇年翻唱的版本，編曲基本相同，但加強長笛、弦樂和低音，取消了口琴及女聲和唱，突出鄧麗君本人已經特別婉約的美聲，使全曲稍稍脫離本身的「校園民歌」風格而更趨於精緻、華麗化。

林功信作曲兼作詞的〈微風細雨〉，無論校園民歌本色風格的劉藍溪版本，還是精緻華麗化的鄧麗君版本，都呈現主體客體和諧無衝突的詩情意境，散發泠然出塵幽韻，教聽者神往。一九八一年，馮德基把〈微風細雨〉改寫為〈昨夜的渡輪上〉，「微風細雨」的浪漫氣氛改為「北風」以及「動盪如這海」的落寞和頹廢，編曲上由葉漢良（卡龍）改為結他和曼陀鈴為主的簡約民歌格調，劉藍溪版本的浪漫或鄧麗君版本的華麗都已消滅，詩境猶在，但不再和諧，訪客眼中的霓虹與浮華，在一九八〇年代香港青年眼中，是迷醉、失落，不知何往：

> 霓虹伴著舞姿　當酒醉如同不知
> 日後望這方　醉中一切無從抓住

〈昨夜的渡輪上〉原唱者李炳文樸實而自然的唱腔，為自己也為城市而消沉，他真正理解身邊好友的抑鬱迷醉，無意附和主流社會的勵志言詞。什麼？喝酒對身體不好、吸煙危害健康？不如說修身齊家治國平天下，夠了，你不忍也不肯義正詞嚴地勸導，更願意與香港一同消沉迷醉，「霓虹伴著舞姿　當酒醉如同不知」，日後再回望香港這自貶自限的土地，何妨一起消沉舉杯邀明月，月既不解飲，醉中一切都在旋轉，尖沙咀那百年鐘樓歪斜欲墜，港

3 有關香港電台「城市民歌公開創作比賽」的歷史，參考黃志華，〈沾過《昨夜的渡輪上》的歷史塵埃〉，二〇一五年三月十七日發表於《立場新聞》網站：https://www.thestandnews.com/art/沾過-昨夜的渡輪上-的歷史塵埃/；瀏覽日期：二〇二〇年六月二十四日。另可參朱耀偉，《香港流行文化的（後）青春歲月》（香港：中華書局，二〇二〇），頁一〇二－一〇四。

九兩岸的大廈都在旋轉，不知還可以抓住什麼；紅酒循循善誘我學做人，呵呵，幸有白酒這老朋友厲詞勸阻。

三、狠狠地再去栽個跟頭

馮德基填詞的〈昨夜的渡輪上〉三次提到酒醉，歌中的主體是個消沉的人，都市作為客體，不斷迷惑、刺激於他，主體因何而消沉？歌詞中的「日後」和「今天」二語，暗示其間有今昔之變化；第二節提到「日後望這方　醉中一切無從抓住」與第三節的「莫問豪情似痴今天醉倒狂笑易」互相呼應，暗示如今消磨了昔日的豪情壯志，副歌提出次主體（你）的勉勵：「懷念你說生如戰士」，主體（我）最後在渡輪上憶起勉勵而重新振作：「夜盡露曙光甦醒何妨從頭開始」，如此看來，曲中的渡輪既是頹廢也是勉勵的象徵，最後，副歌後的第三節以主體的覺醒結束這歌：

莫問豪情似痴　今天醉倒狂笑易
夜盡露曙光　甦醒何妨從頭開始

一九八〇年代初，學運退潮，香港前途問題引發的認同與疏離、移民或留港的掙扎，教一整代青年迷失，香港民眾的呼聲在中英談判角力的夾縫中，更顯悵惘而無力。〈昨夜的渡輪上〉第三節的「莫問豪情似痴　今天醉倒狂笑易」，句中的「豪情」不是一般人眼中自電視劇或電影所接收的標榜男性優越感的「豪情」，而是來自七〇年代學運青年喜歡背誦的魯迅〈悼楊銓〉一詩：「豈有豪情似舊時，花開花落兩由之。何期淚灑江南雨，又為斯民哭健兒」，詩中的「豪情」無關性別，實是一種抗世情懷，與魯迅另一首詩〈題《吶喊》〉當中的「弄文罹文網，抗世違世情」相通。

正是這種與世相違的豪情失落、一種抗世情懷的失落，使〈昨夜的渡輪上〉當中的主體痛感幻滅、頹廢醉酒。是的，若不理解一九八〇年代初學運退潮和香港前途問題引發的迷失和掙扎，是無法真正感應〈昨夜的渡輪上〉這歌，以為它只是一首唱頌友誼的勵志歌曲。

這歌孜孜追懷的不只是一位曾說「生如戰士」的舊友，更是一種失落了的、不知何去何從的抗世情懷。〈昨夜的渡輪上〉及後在不同時代引發共鳴，非因主體個人即「我」的醉或醒，而是這歌道出香港的維港在霓虹幻境以外，另有人們內心深處尋求抗衡於世卻迭遭幻滅的創痛。

在這二十一世紀二〇年代之初，承接〈昨夜的渡輪上〉對抗世豪情失落的共感，何妨與香港這舊友共同抑鬱迷醉：「日後望這方　醉中一切無從抓住」，但就在那回望的一刻，突然看清了這「誇張的城市」，渡輪，維港，或者香港，如果真要勉勵她，就教她重拾抗世豪情，路漫漫其修遠，何妨狠狠地再去栽它幾個跟頭。

四、香港酩酊復搖晃

二〇〇五年中，我得知中環天星碼頭將要清拆的消息，內心沮喪難安，我沿用〈昨夜的渡輪上〉歌曲之名，也寫了一首名為〈昨夜的渡輪上〉之詩，我沿用歌曲中的主體消沉酒醉結構，保留歌曲的頹廢氣氛再據而重新改寫，替換酒醉消沉的主體，改為都市本身的酒醉、頹唐：

看著香港酩酊復搖晃
朋友靠在欄杆抽煙
雙手擱在褲袋裡踢空罐頭

詩中的主體（朋友／我們）認同消沉的客體（都市），認同都市的醉和消沉，不想敷衍地給予套語般的勉勵，因為了解到，在這二〇〇〇年代的香港，還有什麼可以勉勵？

舊霓虹印在海上

發光美術字竭力宣揚自己
唯標誌的倒影失去原形
碩大而感傷，頹廢地飄移
散亂色光如放浪形骸
倒影出一個放棄了的自己

連那些霓虹廣告牌都已放浪形骸，誇張的城，還有什麼值得你去誇張？

為什麼欲語又嗚咽
朋友清醒地剖析自己
唯小輪酩酊復搖晃
已說不出完整詞句

誇張的城，我寧願與你一起酒醉，也不願公式化地去勉勵。誇張的城，猶如失去了碼頭的渡輪，不知何處可往，不知何處可歸。

慢慢多飲至更醺醉
朋友知道真的不容易
在合照的閃燈中咳嗽
在收音機微聲的舊曲裡
認出一個放棄了的自己[4]

取消勉勵和振作，主體與客體同樣感應到，放棄是不可避免。是否，放棄就是每一乘客上岸前的心語？老舊的渡輪，我認得你斑駁的身軀，你盡力粉刷遊客乘坐的上層，卻鮮少打掃票價較廉的、本地居民才會乘坐的下層，這帶點不由自主的斑駁，在各種職場打滾求存的居民身上也同樣可見。老舊的渡輪，我知道你也感應到歌者的疲憊和迷惘，何妨一起醉酒，慢慢多飲至更醺醉吧，還有什麼值得我們去清醒？渡輪說自己也曾渴慕岸上風光，但知乘客上岸後仍沒有上岸的感覺，乘客根本失去了感覺！渡輪你可知，我們就是靠拋棄感覺以換取生活的，否則，我們何以賺得全為繳納地租的工資？渡輪你可知，陸地遠比大海動盪。

渡輪航去，不知航往何方。在心底碼頭，側耳仍能聽見浪花聲。追尋過什麼？覺醒了什麼？腦際投照出昔日及未來影像，想說但說不出，但如果有風，整個城市都可以感應，但願，整個城市仍能感應。

渡輪歸去，不知歸往何方。熄去那綠色小燈泡，但如果此處太暗淡，可否暫且再亮一亮？熄去那綠色小燈泡，渡輪歸去、渡輪頭也不回地航去，只有老水手整理船纜前稍稍回望，在心底碼頭，側耳仍能聽見浪花聲。夢殘莫忽驚，渡輪你可知，我們入夢前必先關閉腦袋，小燈泡，可知那碼頭太暗淡？

4 陳滅，〈昨夜的渡輪上〉，原刊《明報》「世紀版」，二〇〇五年九月十一日；後收入陳滅，《市場，去死吧（增訂版）》，頁七六－七七。

借來的香江一夢

繁華暫借，毋問流光所駐；浮華暫借，不知根著何地。自飄萍般的殖民年代，一步一步相尋相追問，霧色圍攏疲憊眼波，香港頹散地輕握摯友知音的手，歌聲滄桑欲把愁情傾訴。質樸樂音似無意雕琢，卻源自一種洗盡鉛華的清醒：「人又似天天去等　夢想總不會近」，承認永遠無根的事實，又仍然永遠追逐自己的根。

一、疲憊虛脫地不由自主

迷茫霧色逐漸籠罩一室，源自悠悠不覺中萌生的一點睡意，瞬即又醒轉，遭一股雜亂聲浪帶返現實，原是客廳再度響起麻將牌換局的搓牌聲，嘩啦嘩啦的與亂紛紛時代呼應。就在大人們的麻將牌另一新局開始未幾，電視機突然寂靜了一會，然後播出一陣軍鼓手以中等力度擂鼓之聲，伴隨響起緩慢而肅穆的三拍慢版音樂，畫面靜止不動地映出一個頭戴閃爍冠冕、身穿寶石衣裙的青壯年外籍貴婦。樂音肅穆但顯得微弱，完全被麻將牌的聲浪掩蓋了，而在那三拍慢版音樂奏至中途，客廳上的大人就用半嚴厲半輕哄的語氣向小朋友說：「細路細路！睇電視睇到事頭婆都登場啦，你地好去瞓啦！」

我們從來不曾向大人問詢，「事頭婆」是誰？為什麼是一位外籍貴婦？小朋友有點好奇但始終沒有發出此問，是因為小朋友很快就發現，大人們以至整個外在世界根本對那外籍貴婦毫不在意，他們繼續搓麻將，也不在乎小朋友是否仍然逗留在客廳，小朋友的一點好奇很快索然興盡，懶得真正發出一問，沒趣地乖乖入房睡覺去了。

我逐漸感知，圍繞我身的是一種香港迷霧，仍嘗試摸索它的大概輪廓，它始終飄忽，直至小學四年級的「社會」課堂上，老師按照課文講述香港的過去和現在，提到一八四一年英軍登陸香港「開埠」，一八四二年清廷「割讓」香港島給英國，再於一八六〇年「割讓」九龍半島、一八九八年「租出」新界及離島，香港作為英國的「殖民地」，由小漁港發展成「華洋雜處」的「東方之珠」。在課文旁邊，點綴著那外籍貴婦的照片，還有香港的今昔風景照片，一處太平山之巔，圍攏人們疲憊眼波形成的霧。

在小朋友期待的學校假期當中，四月二十一日被稱為「英女皇誕辰假期」，我後來了解這是一種殖民印記，但學校假期當中也有十一月十二日的「孫中山先生誕辰假期」（另稱

「孫逸仙博士誕辰假期」），難道這也是一種殖民？後者顯然不是，因為大人們似乎更認真看待後者，他們對孫中山的敬仰，遠遠高於英女皇。每年十月初，放學回家的路上，我看見一座大廈掛滿紅色旗幟，伴隨一幅中年男子照片；隔幾天我走過不遠處的另一條街，看見另一座大廈掛滿另一種紅藍色彩旗幟，伴隨兩幅不同容貌的老年男子照片。三幅男子照像中，初小的我只知道並認得其中一位是孫中山。

大人們真正認同、歸屬的，到底是什麼？我留意到以上掛旗掛像的光景，只維持了兩、三個星期，十月中旬過後，前述各大廈的外觀已回復平日模樣，人們依舊每天奔波、勞碌、爭吵；我知道，他們擔負各種身不由己或不由自主的工作，很少是為理念或興趣，更不關乎任何照片，他們身不由己奔波只為賺錢養家，他們不斷地、不能自已地賺錢，從他們的老闆或受僱的機構或自辦的商號裡，以勞苦、以關閉自己的心靈來換取貨幣，那硬幣和紙幣，正面是英語為主、華語為輔的句子和數字，背面是那外籍貴婦頭像，人們對她無太多負面感覺但從不真正認同，卻仍苦苦尋求她所授權的貨幣。家庭重擔驅使人們壓抑表裡不一的認同和歸屬，反照一堆一堆硬幣和紙幣上的外籍貴婦頭像，真正刻印出人們心裡另有所屬，卻又疲憊虛脫地不由自主。

二、作為物件的痛苦

香港是個「借來的地方，借來的時間」，澳洲籍記者李察曉士（Richard Hughes）在一九六八年出版的《借來的地方，借來的時間：香港及其眾生相》（*Borrowed Place, Borrowed Time : Hong Kong and Its Many Faces*）一書如是說，在那飄泊離散時代，香港是個「借來的地方，借來的時間」此語就如大鐵鎚敲打人們失根的心，及後一再被引用，隱約成了官方那「華洋雜處」、「東方之珠」論述的抗衡。

曉士在該書鳴謝頁說明，Borrowed Place, Borrowed Time」語出自韓素音（Han Suyin）一九五九年發表於《生活雜誌》（*Life*）之英語文章"Hong Kong's Ten-Year Miracle"所引述的一名從上海移居香港者的說話；那麼此語原是南來者經歷離散的深心慨嘆，但仍要輾轉經由外籍記者傳播才廣為接受，這也是一種殖民性，人們似乎也不太在乎，或在內心也知，這是一種用殖民抗衡殖民的良方，更關鍵的是，一九六八年及其後的人們比九年前更需要一種指出「香港時空是借來」的論述，並且比九年前更認同這論述。

如果香港的時間、地方，即是整個香港時空，真的是「借來」的，那麼似乎意味著香港原本是屬於另一個主體，即路人皆知的清廷割讓香港島和九龍半島繼而借出新界及離島為期九十九年這事件，香港由原本的主體：大清帝國割讓再租借給另一主體：大英帝國。環顧世間，一種怎樣的存在會遭受由主體割讓再租借出的對待？會是一種生命的存在、人性的存在，還是一種物件的存在、財貨的存在、奴隸的存在？香港就是這樣被對待的嗎？香港做了什麼事情使她必須遭受如此對待？香港也是一種宇宙間的有機存在，香港也會感到被傷害、被割斷，香港應該有自己存在的尊嚴。

就從香港意會到、感應到自己的時空是「借來的」開始，香港內心第一次感到被作為物件的痛苦，要超越這作為物件的痛苦，就必須反抗作為物件的存在，香港的生命不是必然地被租借，她可以自主地選擇歸屬，或自己作為自身的歸屬，無論如何，她不應該再被租借。

香港大專學界一九七〇年代初期的「爭取中文成為法定語文」運動、「保衛釣魚台」運動，都可說是一種尋求自主選擇歸屬的運動，而七〇年代中後期的「艇戶事件」、「金禧事件」，則可說是一種尋求自己作為自身歸屬的運動；整個七〇年代，香港就在這有點亢奮、有點不安的焦慮中，一步一步地從工業、金融、商貿、文化、教育、傳播等各領域奮發、改進、向上；民間透過多種報紙雜誌、電台電視電影等等媒體引進或轉化中外文化思潮，官方亦成立「廉政公署」、實施「九年免費教育」、推動「居者有其屋」、「衛星城市」、「地下鐵路」等建設，到了標誌另一新時間的八〇年代，香港發展至一種被國際輿論列入「亞洲四小龍」之一的高度，卻同時傳來十數年後就是限期的呼聲，一個注定帶來巨大改變的年分排在朦朧前方。

一九八〇年代在港工作、成家的一輩，仍勉力地追求生活，卻在那限期的焦慮不安之中，瞭悟生活以外應有更廣闊的追求，應包括那失落的真正認同和歸屬，彷彿如此才得以立命，才得以實現自主的一生以至造福群體的心。香港就如此追逐著自己，卻又在那瞭悟當中遇知另一更詭異的反詰：香港一整代人始終活在借來的時間、借來的地方，永遠仍是那被租借的物件。

三、暫借的文藝，生不了根

當一九八二年中英兩國正式開展「香港前途問題」談判之時，也是香港作為「借來的地方，借來的時間」這論述最廣泛地傳播、引述、談論之時，換另一說法，香港就在自己的歸屬主體不知是否或不知如何地轉移給另一歸屬主體時，重新意會到自己作為物件的存在。

誰可了解香港的感受？誰能明白作為物件的痛苦？宛似阮籍謎詩一般的《詠懷》八十二首其八這幾句：「灼灼西頹日，餘光照我衣。迴風吹四壁，寒鳥相因依」；該感受殊難明言，香港不是阮籍，《詠懷》亦非眾人能解，香港唯有透過流行曲、時代曲訴說情懷，藉由唱片、盒帶的銷售、電台的播放，廣泛地向人們傳遞出一種被物化的失落和滄桑，呼求著感通：

繁榮暫借　難望遠景只看近
浮華暫借　難望會生根
誰願意想得太深　但這心早烙下印
毋問我每分力　是為誰贈[1]

彭健新作曲，鄭國江填詞的〈借來的美夢〉收入一九八二年推出的大碟《可愛的笑容》，是彭健新作為獨立歌手繼《二等良民》之後的第二張大碟。彭健新是活躍於一九七〇年代的溫拿樂隊（The Wynners）結他手，樂隊沉寂後，成員鍾鎮濤、譚詠麟、彭健新陸續以獨立歌手發展，彭健新《二等良民》和《可愛的笑容》當中的〈二等良民〉、〈人在世間〉、〈借來的美夢〉等歌曲風格擺脫溫拿時期的輕浮，轉為較接近當時稱作「城市民歌」的現代寫實風格，〈借來的美夢〉以原聲木結他（acoustic guitar）作為主要伴奏，配以長笛和少量弦樂，歌手唱腔自然真摯如現實生活中的朋友，述說一種既非官方立場亦非民間集體媒介的，同儕友好角度心語，衍化「借來」現象的種種迷惘不安，「浮華暫借　難望會生根」，尤其標示一種失根卻又難言的無力感：「毋問我每分力　是為誰贈」，香港頹散地輕握摯友

1〈借來的美夢〉（節錄），彭健新作曲，鄭國江填詞，收入彭健新，《可愛的笑容》（香港：寶麗金唱片，一九八二）。

知音的手，歌聲滄桑欲把愁情傾訴。〈借來的美夢〉的抒情感傷氣氛，有別於多數流行曲為人生和愛情而抒發的感傷，它呼應集體時代焦慮，唱出一種緣於八〇年代政局動盪和社會不安引發的感傷，成就了這歌的殊異性。

「人又似天天去等　夢想總不會近」，香港你到底追尋什麼？一種繁華、安定，若然仍未足，再加以自主，追跡在地人文，亦尋求與普世相通的現代感，自飄萍般的殖民年代，一步一步相尋相追問，一整代人何去何從，下一代兒女子弟輩又將根著何方？香港總放不下對歸屬的尋求，哪怕得到一絲虛無如幻境的根著感，香港就會感到一刻的輕省。香港的前代人胼手胝足為生活，復在歷史轉折處，為下一代如何根著而躊躇，我終於明白你實在太累了，如今可以好好歇息一會。

這是片暫借的快樂　遮不了恨
這是個暫借的美夢　生不了根[2]

我明白你想說，我現在寫下的自我感覺良好的文藝，也是個暫借的文藝，生不了根，遮不了恨。這真是個暫借的美夢嗎？就因為它「生不了根」，就只能永遠無根、暫借嗎？實在遮不了恨，香港我明白你的意思，但這樣是否太殘忍？

四、何等訝異，浮城誌異

西西寫於一九八六年的〈浮城誌異〉，在題為「奇蹟」一節引用德國作家雷馬克（Erich Maria Remarque）《浮骸》（*Flotsam*）中的一語：「沒有根而生活，是需要勇氣的」，藉以突顯在「浮城」生活之別無憑藉：只能認清根著之不可能，失根亦無妨於自主地存在：「人們幾乎不能相信，浮城建造的房子可以浮在空中」[3]，〈浮城誌異〉另一節「鳥草」為浮城的天空賦予更具文學性的想像：「那時候，浮城的天空中滿是飛翔的鳥草，沒有人知道它們究竟是鳥還是草，是動物還是植物」[4]，也許，「沒有根而生活」不單需要勇氣，也需要對駁雜不純的身分、處境，抱持更寬敞的想像。

是否，懷著對渴求根著的敬意，但也了解當中的掙扎，或終可真正明白，香港只能承認永遠無根的事實。香港的不同年代，一八四一、一八九八、一九四一、一九五〇、一九六七、一九八四、一九八九、一九九七、二〇〇三、二〇〇七、二〇一四、二〇二〇、

---

2 〈借來的美夢〉（節錄），彭健新作曲，鄭國江填詞，收入彭健新，《可愛的笑容》。

3 西西，《手卷》，（台北：洪範書店，一九八八），頁三。

4 同前注，頁一六。

二〇四七，它們是年分嗎？根本就是一堆堆香港的咒語！〈借來的美夢〉從「借來」的感受，一再反思根著的可能：「人又似天天去等　夢想總不會近」，承認永遠無根的事實，又仍然永遠追逐自己的根，香港，你將歸屬何方？根著何地？香港，你最了解浮萍的苦楚，你根本就是個浮城呀！你願無悔憾亦無愧於「浮城」這稱號，但正如西西〈浮城誌異〉整篇小說貫徹所誌的，離不開浮城的「異」，浮城如果停止尋求歸屬，承認永遠無根的事實，就必將被視為「異」、成為了「異」，浮城的下一代，如有知者必將繼續不息地誌異：何等訝異，浮城誌異！

香港曾呼喊出多種原屬他人或自身創作的不同口號，「關社認祖」、「安定繁榮」、「五十年不變」，「民主自由」、「回歸祖國」、「核心價值」、「以人為本」、「毋忘初心」種種亦近似於咒語的吶喊，訴說香港孜孜尋求歸屬、自主、根著和繁華，人們以超拔的意志昇華集體的艱困，鑄成東方之珠、躋身亞洲四小龍之列、成就國際金融城市卻在此以外就什麼都沒有的存在。

誰把香港扔到此間然後轉身不顧？很殘忍，永遠是借來的時間，借來的土地，借來的浮華，似浮萍無盡地無根，一片澄明而茫茫然地訝異著，從一八四一年被開埠、一八四二年被割讓的絕望與迷亂、建設和奮進，一百年後迎來一九四一年保衛香港之戰，重光後慘淡重整再展步，一九五〇年代一輩，在人海飄散流離中迷茫，再胼手胝足、鑿空築路，更以精衛之志，移山填海、建造幻境般的海市蜃樓，再歷一九八四至一九九七前後的悵惘、狂喜、掙扎、吶喊直至不可思議的二〇二一，跨越一百八十年近兩個世紀，想不到踏入二十一世紀二〇年代肇始的香港竟可以如此，這竟是香港嗎？根本換了另一座城、另一模樣。

「誰願意想得太深　但這心早烙下印」，不同時代的人勉力創建，我讀到並著意延續，但逐漸知道更大的清洗更替力量，使每一個人很快被視為不合時宜。除了不斷緊隨潮流、進入潮流，尋求被接納嘉許為同類，如此更新了自己、昇華了內在，追上每一時代步伐，但仍感到莫名的無力：「毋問我每分力　是為誰贈」，香港你只能永遠被租借，逃不出作為物件的存在嗎？霧色圍攏香港前代人的疲憊眼波，願你含笑入睡。我沒有什麼可以再寫，最後仍想引用九葉詩人穆旦寫於一九七六年的〈智慧之歌〉中的片段：「為理想而痛苦並不可怕／可怕的是看它終於成笑談」[5]。

5 穆旦，〈智慧之歌〉，收入辛笛、杜運燮等合著，《八葉集》（香港：三聯書店（香港），一九八四），頁一八四。

再會吧，香港

一九四二年，田漢據戰前居港文化人的見聞，寫成話劇《再會吧，香港！》的主題歌〈再會吧，香港！〉，有以下詞句：「再會吧，香港！你是旅行家的走廊，也是中國漁民的家鄉；你是享樂者的天堂，也是革命戰士的沙場……你筲箕灣的月色，扯旗山的斜陽，皇后大道的燈火，香港仔的漁光」；來到二〇二一年十二月這時刻，我嘗試用「舊曲新詞」方式，步和原曲的字數和韻腳，把田漢所寫的〈再會吧，香港！〉，改寫為〈再會吧，香港（二〇二一版）〉：再會吧，香港！你是藝術家的墳場，也是中外政客的醬缸；你是地產商的食堂，也是理想志士的監倉……你九龍城的遺跡，大帽山的雪霜，尖東海旁的燈飾，銅鑼灣的商場，油尖旺的鼠患不息，北角半山的野豬遭殃。懷念行方未明的友人，暫別港九讀者，這土地每隔兩三代人，總又再重演一幕幕離散故事，難道是香港的宿命，拋不去難以根著的哀愁，認不清何處是家的方向，卻何妨重新流動，周遊方外，也許更嚮往，觀念上的遠方，有更閃耀的理念教我們流浪。

一、胡呀胡不歸

鐘樓呼應碧空高曠，鐘聲響起，時代驚起眾鳥翻飛，不似一剎人間離別，任細語聲聲堆積，列車響號，情人向碼頭邊老樹留言，舊居崩坍前，石縫間長出了荊棘。塗鴉劃滿稿紙，字句寫滿牆壁，僅臉上留痕，其餘皆無跡，老師教孩子的歌唱都變作無言。我在柏油路上跋涉，披星戴月同時沾滿一身汽油廢氣，市聲喧譁，仍盼望聽見，腳踏在路上的回音。

華燈初照香港的俏淡妝容，記取曾起舞的聖誕節，記取聖詩班與銀樂隊的樂譜，油麻地彌敦道上，曾見花車巡遊路徑；眾天使守望香港的舊街陋巷，祝願萬家都有火樹銀花裝飾。孩童崩跳，人面隱匿，笑靨零落，歲月過隙，香港休問我沉默的緣由，努力根著卻總無跡。號角吹起，年輕人聯袂結隊，手持標語上路，白日放歌須縱酒，青春作伴，往他鄉。

香港的眾鳥高飛盡，師友、好友、文友，今夕何往，身處何方呢？寒風蕭索，願多珍重。香港的時鐘行走到某刻，總有莫名力量，驅使人群離散，人們自願或無可抗拒地，不得已告別家園，誰樂意有家無可歸，式微式微，胡不歸？微君之故，胡為乎中露。《詩經》

〈國風・式微〉之篇，問征人何以不歸，我說此間暗夜寥落又寥落，若不是為了我們，香港何須半路猶豫，半途迷茫。走著走著，不知誰家樓頭傳來了曲韻：

聽復聽兮，懷鄉客子恨春歸，
聽復聽兮，樓頭少婦傷春逝，
那子規，底事撩人嗚嗚啼，
嗚嗚啼，底事聲聲，胡呀胡不歸，胡呀胡不歸。[1]

香港失去了她的市民，市民結隊不知何往，市民結隊，在機場，在每一個車站，不是去郊遊嗎？留守的市民又憑誰思念，胡不歸，樓頭夜雨風蕭瑟，燕語聲聲懷緬，此時遠方的鐘聲又響，人們如能自由往返，雲一般，何需護照？「歸去來兮，田園將蕪胡不歸」，還是算了吧，「已矣乎，寓形宇內復幾時，曷不委心任去留？胡為乎遑遑欲何之」？香港的根著總附帶著無力，香港拒絕人們認同的力量始終大於吸引認同，但我們何妨自停留的一點上出發，承接香港文化既有的前衛與多元，流動中自由往復，也許終可接近根著的真正本相。那

1〈胡不歸〉，薛覺先唱，馮志芬作詞，梁漁舫譜曲，香港：一九三九。

麼，飛吧香港，哪知索落誰家，飛吧香港，不計零落何地。

二、懷念行方未明的友人

一九七〇年代至八〇年代中，香港的電台廣播節目，播放歌曲時，有不少「點唱」環節，播音員邀請聽眾來信，甚至請聽眾打電話來，提出自己希望聽到的歌；為了聽眾的「點唱」，播音員上節目前會到唱片庫撿出相關唱片，並且，播出時會附帶聽眾委託讀出的願望，以至是藉歌曲、歌詞寄意，這更是有特定意義和傳播對象的「點唱」。播音員把唱針放下，響起歌曲音樂前奏時，會說，「住在九龍城的王先生點這首陳百強的〈今宵多珍重〉，係點俾新蒲崗電子廠裝配部的陳小姐聽，祝她青春常駐，請她留意歌詞。」

在這時代，如果有點唱，你心目中的歌是什麼？你希望電台為你播放哪一首歌？你希望把歌曲點給誰聽？請他或她留意什麼歌詞？

不抗拒勵志，亦何妨有低沉的〈風繼續吹〉，即使頹廢，香港的風未可熄滅，記取昨夜的渡輪上，浪濤衝擊心緒，港九兩岸樓房起伏，我們的心無法不隨之波動，維港燈飾酒氣瀰漫之間，幸有互相感知的朋情，戰友般分出不同的身姿，永遠留駐，在港九往返的渡輪上。

來到這二〇二一年十二月的聖誕節，我想點唱，田漢作詞的〈再會吧，香港！〉，送給行方未明的友人收聽，這歌背後有故事，容我為你扼要道出。

前一個再前好幾個時代，現實有砲火驅逐人們，使家族離散、友伴失聯，曾經流浪、避難到香港的人，懷念行方未明的友人，一九三八年從廣州來到香港的作家茅盾，從一封讀到的信，念及另一封未能讀到的信，和寄信的人：

大概是上月的二十罷，正當關於廣州命運的謠傳早晚不同的時候，我接到了歐陽山十四日從廣州發的信。仍是他那樣一點也不潦草的字，雖然語氣頗見匆忙。從這信裡，我知道他在十三日早上跑到開來香港的輪船上，托一個不相識者帶一封信給我，說他立即要出發前方，給救亡日報作戰地通訊，他的夫人草明也一同去。又說，有草明的一篇小說，也寄出了，不知我能不能收到。「省港的郵運，聞已受阻，但這封信能否送到，也沒有把握，因為托帶的人，並不相識」云云。

我始終沒有收到這封托帶的信。

但是他郵寄的信和草明的小說，我都先後收到了。後來又收到楊朔在十六日從廣州發的信，報告他已經移居救亡日報社，準備同走。

這是廣州淪陷前那邊友人們最後的直接音訊。[2]

2 茅盾，〈懷念行方未明的友人〉（節錄），《立報・言林》，一九三八年十一月二十四日。

那是一九三八年十一月二十四日，廣州淪陷已一個月，茅盾在香港《立報》「言林」版發表〈懷念行方未明的友人〉，思念砲火中的好友、文友、戰友，今夕何往，身處何方呢？在信息混亂難通的時代，有些信收到，有些收不到，而信內就是友人的消息，沒有信，就失去了好友消息。

茅盾那一代作家，經歷戰爭動盪，一九三七至四一年間陸續來到暫時和平的香港，繼續內地已不能進行的抗戰文藝工作，戴望舒加入新創刊的《星島日報》主編文藝副刊「星座」，茅盾和葉靈鳳先後主編《立報》副刊「言林」，杜衡、路易士（紀弦）先後主編《國民日報》副刊「文萃」，蕭乾、楊剛主編《大公報》副刊「文藝」，陸浮、夏衍主編《華商報》副刊「燈塔」，薩空了、施白蕪主編《光明報》副刊「雞鳴」。另有郁風、徐遲、葉淺予等人創辦《耕耘》，簡又文、陸丹林創辦《大風》，端木蕻良、周鯨文主編《時代文學》，茅盾主編《筆談》。

一九三九年三月二十六日，中華全國文藝界抗敵協會香港分會（文協香港分會）假香港大學中文學院禮堂舉行成立典禮，七十一人出席，選出幹事包括許地山、歐陽予倩、戴望舒、葉靈鳳、蔡楚生、簡又文等等。同年九月十七日，代表另一抗日文化陣營的中國文化協進會成立，成員有簡又文、許地山、李應林、戴望舒、陸丹林、胡春冰、馬師曾、王雲五、黃般若等。以上兩個協會雖然同由內地文人主導、同具抗日理念，卻又分別傾向國、共兩黨立場，彼此存在「暗湧式的鬥爭」。[3]

那是動盪得有點迷幻的時代，亂哄哄當中仍有多種文藝副刊、雜誌，飄揚著各種不同的呼喚或想像，直至一九四一年十二月八日，太平洋戰爭爆發，在「珍珠港事件」同日，香港也遭受空襲，十二月十日，徐遲在《星島日報》「戰時生活」版發表回應空襲事件的新詩〈太平洋序詩——動員起來，香港！〉，十二月十二日，當《華商報》「燈塔」版編輯郁風遇見薩空了，仍不忘向他約稿，[4]但很快大部分報刊已無法再運作，十二月十三日，《大公報》停刊前最後一篇社評，由編輯徐鑄成執筆，題為〈暫別港九讀者〉。[5]

懷念行方未明的友人，一代人又再流離，暫別港九讀者，我要走了，你什麼時候出發？

三、〈再會吧，香港！〉

一九四一年十二月二十五日，香港守軍苦戰兩星期後彈盡糧絕被俘，大批作家再次逃亡，各自循不同路徑，有些自行結隊，有些參加東江游擊隊的「祕密大營救」計畫，[6]其中

3　參考盧瑋鑾，《香港文縱：內地作家南來及其文化活動》（香港：華漢文化，一九八七），頁一〇四－一〇七。

4　參考薩空了，《香港淪陷日記》（北京：生活・讀書・新知三聯書店，一九八五），頁四一。

5　參考徐鑄成，《徐鑄成回憶錄》（台北：臺灣商務印書館，一九九九），頁八四。另參陳智德，《板蕩時代的抒情：抗戰時期的香港與文學》（香港：中華書局，二〇一八），頁二六五－九〇。

一支隊伍，夏衍與司徒慧敏、蔡楚生、郁風等等一行共二十一人，經過化裝以掩飾身分，一九四二年一月八日清晨從西環碼頭循水路逃亡，他們所乘小艇遇到日軍檢查，尚幸夏衍以日語交涉才避過一劫，經長洲逗留一晚，一月九日下午抵澳門，再轉赴內陸地帶，經台山、柳州，二月五日抵達了桂林。[7]當時，田漢、洪深等人到桂林火車站迎接，與步出月台的夏衍、司徒慧敏、蔡楚生和郁風，一個一個熱情相擁。[8]夏衍向田漢、洪深、歐陽予倩等戲劇界朋友講述在港工作、見聞和脫險經歷，洪深建議夏衍把經歷編為話劇，結果他們採用集體創作方式，寫成了劇本《再會吧，香港！》，夏衍寫第一幕，洪深寫第二和第三幕，田漢寫第四幕，由田漢做最後整理並創作主題歌〈再會吧，香港！〉的歌詞，再交姚牧譜曲。

話劇和歌曲同時籌備，三月五日，歌曲〈再會吧，香港！〉先由抗敵演劇第九隊成員朱琳在桂林電台播唱，三月八日，《再會吧，香港！》在桂林新華大戲院上演，由新中國劇社同人擔綱演出，然而第一幕演出過後，大批軍警和便衣人員到場干預，即使洪深出示准演證，仍遭禁演，洪深唯有宣布退票，觀眾卻高呼「我們不退票」，據郁風記述當時場面：「一時只見全場的人都舉起手撕票，成為很特別的一種抗議示威行動。軍警無法鎮壓」。[9]《再會吧，香港！》的首演就此被中斷。

話劇《再會吧，香港！》其後經過幾番修訂，被迫刪改當局不願見的場面，更名為《風雨歸舟》才得以上演，尚幸全劇結束時唱出的主題歌〈再會吧，香港！〉未有更改歌名，經輾轉傳唱，仍得以流傳。戰後，〈再會吧，香港！〉的歌詞連同曲譜曾刊於香港《晶報》及《廣角鏡》，文字版亦收入在張大年選編的《香港開埠前後的詩史：香港詩歌選》、胡從經選編的《歷史的跫音：歷代詩人詠香港》，不同版本個別字句略有差異，現據《田漢全集》第十一卷引錄如下：

再會吧，香港！你是旅行家的走廊，也是〔中國〕漁民的家鄉；[10]你是享樂者的天堂，也是革命戰士的沙場。這兒洋溢着驕淫的美酒，[11]也流淌着英雄的血漿；[12]這兒有出賣靈魂的名姬，也有獻身祖國的姑娘。這兒有迷戀着玉腿的浪子，也有擔當起國運的兒

6 參考陳智德，《板蕩時代的抒情》，頁二七七－八二。

7 參考夏衍，〈走險記〉，《夏衍選集・第三卷》（成都：四川文藝，一九八八），頁二七五－八八；另參夏衍，《懶尋舊夢錄》（北京：生活・讀書・新知三聯書店，一九九五），頁四六六－六七。

8 參考田漢，〈序《愁城記》〉，《田漢全集》卷一三（石家莊：花山文藝，二〇〇〇），頁五五七－六九。

9 郁風，〈「再會吧，香港！」〉，《時間的切片》（石家莊：河北教育，一九九七），頁一三八。又，杜宣，〈回憶新中國劇社在初創時的一些情況〉一文亦有提到觀眾高呼「我們不退票」的情況。

10 「也是漁民的家鄉」，張大年選編本、胡從經選編本均作「也是中國漁民的家鄉」。參考《晶報》及《廣角鏡》簡譜版本，在這一句，「漁民」二字前必須補上「中國」一詞才能合樂唱出。

11 「這兒洋溢着驕淫的美酒」，胡從經選編本作「這裡洋溢着驕淫的美酒」，下面三句仍作「這兒」。

12 「也流淌着英雄的血漿」，張大年選編本、胡從經選編本均作「也橫流着英雄的血漿」。

郎。這兒有一攫萬金的暴發戶，也有義賣三年的行商。一切善的在矛盾中生長，一切惡的在矛盾中滅亡。[13]

再會吧，香港！你是這樣使我難忘！你筲箕灣的月色，扯旗山的斜陽，皇后大道的燈火，香港仔的漁光，淺水灣的碧波蕩漾，大埔松林的猿聲慘傷，宋王台的蔓草荒蕪，青山禪院的晚鐘悠揚，西高嶺的夏蘭怒放，鯉魚門的歸帆飽張。對着海邊殘壘，想起保仔與阿香。啊，百年前的海上霸王，真值得民族的後輩傳唱。

再會吧，香港！可聽得海的那一方，奔號着兇猛的豺狼？它們踐踏着我們的國土，傷害着我們的爹娘！我們還等什麼？莫只靠別人幫忙，可靠的是自己的力量，自己的力量！提起了行囊，穿上了戎裝，踏上了征途，顧不了風霜。只有全民的團結，才能阻遏法西斯的瘋狂！只有青年的血花，才能推動反侵略的巨浪！

再會吧，香港！你是民主國的營房，反侵略的城牆。看吧！侵略者的烽火已經燒遍了太平洋！別留戀着一時的安康，疏忽了對敵人的提防。地莫分東西南，色莫論棕白黃，人人扛起槍，朝着共同的敵人齊放！用我們的手，奠定了今日的香港；用我們的手，爭取明日的香港！再會吧，香港！再會吧，香港！再會吧，香港！[14]

〈再會吧，香港！〉的歌詞雖由田漢執筆，實際上有如《再會吧，香港！》的集體創作劇本，歌詞內容可視為一種集體記述的轉化，寄寓夏衍一輩的左翼作家，經歷抗戰時期投入於香港的文藝工作體驗，他們體會到香港在種種既定的刻板印象以外，有著多重備受忽視的面向，當中的香港想像，已由可受批判卻也過分簡化的「享樂者的天堂」這樣的刻板印象超越出，歌詞反覆強調香港的兩面，「是享樂者的天堂，也是革命戰士的沙場」，「有出賣靈魂的名姬，也有獻身祖國的姑娘！」「這兒有迷戀着玉腿的浪子，也有擔當起國運的兒郎」，種種二元對比，標示出「一切善的在矛盾中生長，一切惡的在矛盾中滅亡」中所強調的矛盾，仍歸結於善與惡的取捨。

〈再會吧，香港！〉這歌免不了二元對立思維，但總算未作一面倒的簡化，關鍵是當中的香港想像，在既有而定型的美酒、名姬、暴發戶等等刻板印象以外，一再以多種的「也

---

13 「一切善的在矛盾中生長，一切惡的在矛盾中滅亡」，張大年選編本作「一切善的矛盾中生長，一切惡的矛盾中滅亡」，胡從經選編本作「一切善的，矛盾中生長，一切惡的，矛盾中滅亡」。

14 田漢，〈再會吧，香港！〉，《田漢全集》卷一一（石家莊：花山文藝，二〇〇〇），頁三四〇－四一。

有」來提醒讀者，香港有著備受忽視的另一面：「也有獻身祖國的姑娘」、「也有擔當起國運的兒郎」、「也有義賣三年的行商」，戰前一批寓居香港的文化人，好像發現一個異質的香港，一再衝擊固定的刻板印象。由田漢總結出的集體記述，正試圖寫出一個眾人未知的、也是大敘述觀點裡最缺乏、最難解的多元的香港。

四、〈再會吧，香港〉（二〇二一版）

印象中《再會吧，香港！》這話劇從未在香港上演過，或者曾有？〈再會吧，香港！〉這歌曲在往後許多許多年來，幾乎沒有任何一個香港人聽過，遑論是唱。有什麼稀奇，香港絕大部分學生由中學至大學畢業，至少知道這世界有魯迅、冰心、徐志摩以至余光中、洛夫、白先勇，但從未聽聞有侶倫、劉以鬯、梁秉鈞；學生讀過金兆梓〈風雪中的北平〉、朱自清〈槳聲燈影裡的秦淮河〉，但從未讀過舒巷城〈香港仔的月亮〉、梁秉鈞〈北角汽車渡海碼頭〉，香港像一個有性格障礙的學童，仰慕魔法、天文和手機遊戲中的角色世界而不善於表達自己，香港自我形象低落，香港一向蔑視自己，香港除了絲襪奶茶、金融中心、購物天堂與股票、劏房、納米樓以外，沒什麼可以炫耀。香港市民長期焦慮、煩躁，異常冷漠的外表看不出體內奔流著沸騰熱血，但灑出後急速冷凝，熱血冰封後碎裂在路上，被滿座的巴士、運泥大卡車重重輾過而習以為常。

〈再會吧，香港！〉的歌詞連同簡譜曾刊於香港《晶報》和《廣角鏡》，現時網上流傳有手抄簡譜版本，另有獨立音樂創作人黃衍仁據原有歌詞譜上新曲的結他彈唱版本；而來到二〇二一年十二月這時刻，我嘗試用「舊曲新詞」方式，步和原曲歌詞的字數和韻腳，把田漢所寫的〈再會吧，香港！〉，改寫為〈再會吧，香港（二〇二一版）〉：

〈再會吧，香港（二〇二一版）〉（調寄姚牧作曲，田漢作詞的〈再會吧，香港！〉）

再會吧，香港！你是藝術家的墳場，也是中外政客的醬缸；你是地產商的食堂，也是理想志士的監倉。這裡閃爍著幻彩的霓虹，也曝曬著褪色的衣裳；這裡有瘋狂升值的豪宅，也有租金攞命的劏房。這裡有沉迷著股市的蟋蟀，也有撿拾起紙皮的鳳凰。這裡有順從潮流的追星族，也有寂寂無名的文章。看似真的在迷夢中反照，看似假的在迷夢裡遺忘。

再會吧，香港！你是這樣思憶惆悵！你九龍城的遺跡，大帽山的雪霜，尖東海旁的燈飾，銅鑼灣的商場，油尖旺的鼠患不息，北角半山的野豬遭殃，出版社的舊書廢刊，報紙社論的民主櫥窗，工廠區的機器滾輪，舊屋邨的攤販熱湯。踱步維園球場，想起司徒華與燭光。唉，傳奇般的東方之珠，真盼望留守的青年發揚。

我盡量步和原韻，據原來的字數和隔句押韻方式填寫，應可按網上流傳的原曲簡譜以國語唱出。我只填了半闋詞，至於後半闋，實在寫不下去了，也許這〈再會吧，香港（二〇二一版）〉亦不妨以半闋作結。內容上，原曲有結構分明的二元對立句式，凸顯戰前角度的是非取捨，也凸顯刻板印象之虛妄；我改編的版本，亦盡量保留二元對立句式，但畢竟這時代並非二分思維可以概括，這二〇二一版也在原曲的結構分明中加添一些模糊性。

我們是有多久，沒聽過碼頭邊的海水拍岸聲？你會否懷念新界的郊野？曾否擁擠在維園進出的人潮？你是否聽說過九龍城的歷史，蹓躂過灣仔的舊街？你記否父母輩的叮嚀和照料，以至吵鬧聲和麻將牌聲？你應看過電視機裡既吊兒郎當又可溫文爾雅的周潤發，也看過銀幕上風華煥發的鍾楚紅與梅艷芳；我們曾雀躍於全新的尖東、現代化的高樓，也漸感應到舊街變調的哀愁、老建築解體的痛楚；父親會否再帶我上茶樓、遊荔園？同學們會否再到墳場探險、到海邊拋石？我可否再約你在天星碼頭坐船、在東岸書店相見？我們是有多久，沒見到大廈間盤旋慢飛的麻鷹。

香港每兩、三代人就重演離散故事，彷彿是一種宿命，每個香港市民的上一代或上兩代以至上三、四代，總有前人初次來到這陌生地，胼手胝足，勉力在此地生根，好不容易有下一代出生，卻總在成長過程中，意識到根著的無力，一代又一代的人極力嘗試認同這土地，然而香港拒絕人們認同的力量始終頑強。拋不去難以根著的哀愁，認不清何處是家的方向，也許更嚮往，觀念上的遠方，更閃耀的理念教我們流浪。在二〇二一年十二月這時刻，我不太知道日後會如何，離別與一屋凌亂書刊的氣氛混和，無意再渲染感傷或徬徨，何妨自停留的一點上出發，承接香港既有的前衛、多元，再自由往復地活出香港。那麼，再會了；再會吧，香港；再會吧，香港。

卷二
音樂與藝文追憶

東海行進記

何時開始，記憶深處的台中市中心變得如斯冷寂？入夜昏暗幾無店家營業，昔日最繁華的中正路第一廣場一帶，如今尤其荒涼，顯得幽森可怖。二〇〇六年暑假，我結束在嶺大的第二次十個月合約教職，特地到台灣一行，約好了老同學志偉、慶元、崇建、耀明、柏全等等幾位在台中會面，聚餐後，我們在崇建和耀明新近開辦的「千樹成林」，留下歷史性合照。晚上，我住在台中火車站左前方、具歷史感的富春大飯店，走過幾近荒蕪的第一廣場，耳邊仍聽得紅螞蟻的一曲〈愛情釀的酒〉，大一那年在第一廣場外的街頭聽到的歌，演唱者和音符間散發的一九九〇年代氣氛，烙印出我對台中市的印象。翌日早上，我有點期待地走到台中火車站對面的公車站，坐上前往東海大學的106路公車，沿著記憶中的路線返回東海，台中港路上，仍見昔時賣「太陽餅」的、一家挨著一家的「百年老店」，我渴望車上會響起昔日曾聽見的林強歌曲〈向前看〉，但是當然沒有，在一片沉寂的路程，我反覆再沉思，自己是如何來到台中市和東海大學的呢？我想起那放學後到書店亂逛的少年時代，那一本一本的台灣文藝書刊。

一、抗拒回家的少年

一九八〇年代，九龍旺角的田園書屋是我輩訪尋台灣最新文學書刊的寶山，爬上二樓一進門，在書店左右兩側好幾列書架，擺售堪稱全港所見最齊全的洪範版「文學叢書」、志文版「新潮文庫」，還有九歌、爾雅、遠景、三民、金楓、學生書局等等出品的多種文史書籍，雜誌架上陸續見到八〇年代中期先後創刊的《聯合文學》、《人間》、《當代》以及復刊的《文星》，那書店好像一台播送著時而輕柔時而沉雄聲調國語的收音機，呼召渴求文史新知的聽眾，而我是當中一個瘦小、羞澀卻每天放學後都抗拒回家的少年。

書店氣氛自由，書頁間我見到白先勇、王文興、林海音、琦君、陳映真、七等生、洛夫、楊牧、管管、王禎和、羅智成等等許多名字，我省下零用，每月邀請一兩位，陪我走一段回家的路。此外還有一些是文藝又不完全是文藝的書，似乎特別受讀者青睞，因而不斷再版甚至被翻版重印，包括殷海光《中國文化的展望》和《思想與方法》、王尚義《從異鄉人到失落的一代》及《野鴿子的黃昏》、鄭豐喜《汪洋中的一條船》等等，我也一本一本捧回家，囫圇吞棗地翻。

對台灣文藝的崇敬，以至陪伴成長的親切感，驅使我萌生赴台升學之願。一九八〇年代是相對平靜但有點沉悶而虛假的年代，我希望尋找真正的文學，可帶我衝出沉悶時代。不久我讀到楊牧《文學的源流》中〈現代詩的臺灣源流〉一文，得悉台灣現代詩在我已知的領域以外，尚有更深邃歷史，又自《傳統的與現代的》一書，讀到楊牧懷念陳世驤的文章，我再回頭讀《文學的源流》中悼念徐復觀之文，彷彿一種抗衡時代的精神貫穿，教我仰慕那詩歌與文學研究的境地。

難忘中五結業暑假，讀到長詩〈有人問我公理和正義的問題〉，著迷於那敏銳、跌宕而焦慮的敘事體，我甚至把全詩影印附在週記簿裡，向一位對新詩頗有意見的國文老師兼班主任反向地推介，意在引證新詩並不如他所言的不濟。老師給我頗長回覆，提及他一九六〇年代就讀台灣大學中文系期間，結交頗多詩人，曾介紹他們彼此認識，又幫他們在香港的書店買詩刊和詩集再帶到台灣，至於詩本身，卻沒有多讀，也看不太懂，他讀過《葉珊散文集》，慣以「葉珊」稱呼作者而不熟悉用以發表詩歌的「楊牧」之名，最後對我說：「楊牧這首詩我讀了，我喜歡，這種詩我是懂的。」

二、大度山上

一九九〇年九月二十三日，我帶著幾本最愛讀而不太厚的書，俞平伯《讀詞偶得》、錢鍾書《宋詩選注》、辛笛《手掌集》、楊牧《有人》、也斯《三魚集》，踏足台灣土地，在桃園機場登上接載「僑生」的中型四門客貨車，與幾位尚未認識的港澳僑生，一路無言直奔台中。約兩個多小時，車子從公路大轉彎，轉入台中港路再跑一段，不久就駛進東海大學，這路程與我想像中頗有落差，因為，我中學時閱讀楊牧的《葉珊散文集》和《楊牧詩集》，好幾處寫及「大度山」之名，一直想像東海大學是位處半山之上。

山形地貌本來多樣，我何必抱執固定想像？楊牧〈再寄黃用〉一詩的結尾有言：「我仍在此，對一窗錦繡，對一園繁花／一盞燈，亮在此邦／大度山卻是陰暗的西方世界」[1]；東海大學的確位於大度山上，日後對這山，當以步履印證，大度山於我或可作另一番世界。

客貨車駛進校門後，只消幾分鐘，停靠在約農路，下車走一段小徑，學長帶我們先臨時住在男生宿舍第六棟，兩週之後，全校大一新生抵達，當中幾乎所有男生都剛從成功嶺結訓，頭髮理得短促而剛勁，十月七日上午，有學長帶我遷進中文系男生分配到的第十一棟宿舍，中午過後，身形壯碩的志偉到了，不久再有健談的慶元、高昂的俊宏，下午過後，風趣而幹練的崇建也到了，五個男生同住十一棟位於地面層的1101室，正對面另一寢間則住了耀明、柏全、桓凱、駿男、文程；我何其有幸，忝列東海中文系七十九年度入學的十位男生之一。

三、尋找楊牧

男生宿舍第十一棟聽說是由東海建築系學生設計，全棟外牆以至房間內壁皆劃一髹以白漆，因稱「白宮」。宿舍各房間可容五名宿生，當中四張睡床與石壁連體相扣，呈現互相凹凸和床內三面靠牆的形狀，書桌五張本來併在房間中間，我們把它分散在牆壁和床邊。就在那有點破損但具歷史感的小書桌上，我每天看書、寫信或寫作，有時吹奏口琴，下學期借得一把結他，也常在宿舍彈奏，而需要查資料的功課，或比較長篇的文章，還得到圖書館完成，幾乎隔晚就到圖書館留連至關門，才沿文理大道，穿越文學院至外文系館旁邊小徑，總想像青年葉珊的身影，再經幽森荒寂女鬼橋返回不免喧嚷熱鬧的宿舍，我很多功課、文章就在此往返中寫成。

大一下學期，當《東海文學》第三十六期徵稿，我就想到可以寫一篇有關楊牧的文章，於是寫成了約三千字的短論〈尋找楊牧——一首軼詩及其他〉[2]，評介楊牧一首刊於一九八

1 楊牧，〈再寄黃用〉，《楊牧詩集》（台北：洪範，一九八六），頁一五二－五三。

〇年香港《八方文藝叢刊》的詩，〈悲歌為林義雄作〉，當時這詩尚未收在楊牧的任何詩集，台灣讀者應該未能讀到。

我在文中引用《搜索者》和《海岸七疊》的文章引證詩的內容，楊牧在〈西雅圖誌〉提及「我從一些磋商，火把，講演，衝突，逮捕中抬起頭來，成堆的報紙和通訊中睜開眼睛，雪，像淚一樣，冰冷又彷彿那麼陌生那麼熟悉，紛紛落在院子裡」[3]，就是這文字成為與〈悲歌為林義雄作〉相關的「詩的端倪」，吸引我、感召我，要好好梳理、評介其間的脈絡；我一邊在圖書館查閱《搜索者》的〈西雅圖誌〉、〈六朝之後酒中仙〉等文，一邊在稿紙奮筆疾書至圖書館快要關門，讀到《海岸七疊》中的〈詩餘〉這段：「我曾經對微茫的北極光，不能自制地為一個事件的發生而放聲痛哭」[4]，自己也不禁有淚滴在稿紙上，使字跡化開。這世界怎麼了？怎麼每個時代總有荒謬的逮捕、扭曲的指控？時代滔滔、無理以迄至今，我仍在命途的往返、轉折間寫作，但我愈來愈懷疑，我能否寫出像〈有人問我公理和正義的問題〉這樣的詩，向詭變的時代質詢，並且「於冷肅尖銳的語氣中流露狂熱和絕望」。

四、防空洞裡的抒情

初進東海之時，是一九九〇年秋天，台灣解嚴已三年，社會醞釀更新，在圖書館可以讀到唐山書局一九八九年出版的十三卷本《魯迅全集》，以及陸續整理出版的日據時期台灣作家文集；校園裡文學討論的氣氛很熱烈，這並不限於中文系或文科生。課業以外，我參加了一個名為「文學欣賞社」的社團，名為欣賞，實有更多的論辯，話題遍及文學、電影、社會、哲學和教育。

有一次大家談到一齣電影《暴雨驕陽》（*Dead Poets Society*，片名另譯《春風化雨》），講述中學裡的詩人老師，以另類教學啟發學生，該影片在台港兩地都有放映，且頗受歡迎，大概當時以升學為一切價值的中學教育真正沉悶透頂，對悶蛋教育的反抗原來放諸四海皆準。我對該電影的拍攝手法本不甚滿意，但也承認詩人老師帶學生到山洞裡讀詩一幕是動人的。

由這電影的討論開始，有一位學長提到男生宿舍第十一棟外圍不遠處一處小叢林，遺留日據時代的防空洞，二戰期間，台灣曾用作日本軍機出征的基地，在二戰後期成了盟軍轟炸目標，該防空洞即為此而建。於是，由那位學長發起，每隔一週，下課後的晚上，我們就相約在防空洞聚會，讀自己或前人的詩。防空洞裡無電力，但有歷史的魔力，破落而深邃，

2 陳智德，〈尋找楊牧——一首軼詩及其他〉，《東海文學》三六期（一九九一年五月），頁七一－七六。

3 楊牧，〈西雅圖誌〉，《搜索者》（台北：洪範，一九八四），頁六五。

4 楊牧，《海岸七疊》（台北：洪範，一九八〇），頁一三二。

一處遺世的歷史祕境，夜間尤顯陰森，卻照見一群青年學生尋求抗衡世俗的，顆顆初啟的詩心。

我們各人拿著一根手電筒，同時點燃蠟燭，照亮手上的書本或稿紙，發出回音重重的詩聲，有人讀洛夫、余光中，也有人讀楊牧、羅智成，或自己的詩；有一次，我先用生澀的國語誦讀穆旦〈防空洞裡的抒情詩〉，再用粵語讀出辛笛的〈再見，藍馬店〉，有一位念大四的學姊聽了特別喜歡〈再見，藍馬店〉，我再向各人解釋我介紹穆旦和辛笛的原因。到了下學期，防空洞聚會已結束，我在圖書館遇到當工讀生的學姊，知道她快畢業了，就把我手上那本從香港帶來的，上海書店一九八八年據星群出版社一九四八年初版復刻的辛笛《手掌集》，送給了她。

五、乾燥的東海記憶

劉以鬯在《酒徒》第四章的結尾一句寫道：「所有的記憶都是潮濕的」；我印象中，在東海大學的經驗與此相反，所有的記憶都是乾燥的，東海總有不息的大度山風，而且下雨的日子甚少。所以我說，東海的記憶，都是乾燥的。

東海的傳統之一，是勞作教育，大一全年，我在文理大道除草、在男生宿舍撿垃圾、夾煙蒂、洗厠所，到音樂系館打掃庭院內外，如果一個人勞作，真是苦悶的，幸好大部分時間，都是與同學一起共同進退。記得勞作的時間分配，有早班和午班之分，早班的話，六點多要起床出發，寒冬之際不無阻力，但一種共同隊伍的氣氛，自然形成助力，這氛圍下的勞作可以是輕快的，有時我負責的地段打掃完了，看見同學志偉或俊宏尚未完成，就與慶元、崇建相呼前去幫忙，很快打掃完畢，一起向監工的學長或學姊報到，勞作完成，再一起去教室上課，倒是一段清朗、痛快的生活體驗，或可說是一種乾燥的東海記憶，直至上學期結束，我竟有點不明所以地，獲頒勞作教育獎，那是一九九一年三月的事，在一次月會上，從梅可望校長手上領到獎狀。

另一種乾燥的東海記憶，是大一學年必修的「軍訓」和大二學年必修的「憲法」、「國父思想」課程，內容枯燥且與我性向相違，課堂上真想睡，卻睡不著。「軍訓」和「憲法」成績勉強通過，「國父思想」卻不及格，大三重修，仍是不及格，直至大四上學期再度重修才終於及格通過，成為四年大學成績單上最慘烈的科目。更甚是大一學年結束的暑假，必須前赴成功嶺，與眾多僑生和本地「五專」學生一起參加六星期的軍事集訓，記得有一次休假，上午返回東海休息，我身穿受訓軍服，頭頂毛髮理得稀短，走在幾乎空無一人的校園，感覺從頭到四肢都不是自己的，幸有一陣一陣的大度山風吹送，我希望可再，重新吹醒自己。

六、啥物攏不驚

回顧東海四年，課業內外，得益比當時所知的，實在更豐。課堂上，馮以堅老師授大一國文、吳福助老師授國學導讀、史記、左傳，張端穗老師授老子、莊子、墨子，鍾慧玲老師授現代散文、杜甫詩，薛順雄老師授詩選、詞選，甘漢銓老師授訓詁學、修辭學，皆受益良多。以堅師細心批閱作文，予我莫大鼓勵；福助師指示文獻學研習之途，照亮我治學門徑；端穗師所授子學，精研原典，啟發我們慎思明辨；慧玲師授杜甫詩以編年為綱，旁涉研究方法及考據，實一生受用；漢銓師所授訓詁紮實而旁通，啟發我對語言與文學扣連之思；順雄師以巴壺天所著《唐宋詩詞選》為教本，詩選課上，作品賞析、詩人典故，述之甚詳，我得啟發後，再自學詩律，參王力《漢語詩律學》，輔以《詩韻集成》等著，學寫古典詩，卒以七絕體組詩〈歸城三首〉及另一五律〈谷關紀行〉，兩次幸獲中文系興辦之「夔鳳文學獎」古典詩組獎項，個人得獎與否，不算什麼，那一紙獎狀，實為象徵東海眾師之啟導，未敢淡忘。

課業以外，東海四年是我新詩寫作的轉折期，就讀大三和大四年間，寫成〈從邊陲〉、〈重看《牯嶺街少年殺人事件》〉和〈藏書〉等詩，以「游目」為筆名，寄稿香港，分別刊於《素葉文學》四七期、《越界》五八期和《素葉文學》五四期，風格與我中學時代投稿到《公教報》和《突破》的詩已有頗大分別。其他詩作有寫宿舍生活的〈白色的宿舍〉、寫自己在台中市亂逛的〈在台中市〉，後者得「文學欣賞社」的學長鼓勵，參加八十學年度的東海文藝創作獎而獲「新詩組首獎」。那首〈在台中市〉的結尾，我有以下幾句：

快回家就能休息了吧
真想平伏你我蕪亂的心
車上收音機在報時、播送新聞又歌唱
聽這城市瘋轉詭變的歌
有時也還有悅耳抒情的一曲
走錯地方認錯了路
記錯時段錯過了班次
時間跟著我們又再重新開始[5]

懷念台中火車站前中正路、綠川西街、繼光街一帶的市民，懷念中正路上的中央書局、

5 陳滅，〈在台中市〉（節錄），《單聲道》（香港：東岸書店，二〇〇二），頁八四－八五。

金石堂書局，以至第一廣場地庫的各種台式美食。仍記得在火車站前、中正路口的公車站，等106路公車回東海的情景，公車上有時播放傳統台語歌，有時播放那年頭流行的紅螞蟻〈愛情釀的酒〉、優客李林〈認錯〉、張清芳和范怡文〈這些日子以來〉等歌曲，染織出一片一九九〇年代的台灣都市印象，更深刻的還有林強的〈向前走〉，在公車上聽得「再會吧，啥物攏不驚，再會吧，向前走」之聲，輕型搖滾配合堅實的行進節奏，伴我返回東海大學的路上。當今時代的瘋轉詭變，更是變本加厲了，可會再有「啥物攏不驚」之聲，再伴我一路返回東海？

東海幻風誌

在東海四年，我沉溺書堆，竟不知道台中有一處我父母年輕時的舊遊之地。每日往返書齋與校園，我到底追尋什麼？默默的離合，悄悄的聚散，每隔若干時日又在這寧靜社區裡循環，我們有時無感，直至一陣大度山風吹起，彷若一聲呼喚、一道提醒；但我想對大度山風說，你不必再凜冽的吹了，我已經完全明白你要表達的意思，大度山風你可知，時代之風更料峭。

一、東海別墅之一景

每天早上大概十點，濃郁的煮豆氣味，陣陣豆香蒸氣沿樓梯間飄上三樓走廊，賃居處東園巷三弄二號，門前緊接著名的「何媽媽彎豆冰」的後門，彎豆冰我也愛吃，也是看電視的好地方，而對我更重要的是，「何媽媽」的斜對面，有一家「書臣舊書坊」，是我大二至大四賃居校外三年來，幾乎每天都去的地方。

書臣舊書坊是一家巷弄裡小店，左右兩面是貼牆木構書架，中間擺放兩座高及人頭的鐵架，形成進店的三條小通道，最左側是一般大學用書、考試用書，中間兩座鐵架擺放雜誌和較新近圖書，最右側是文藝舊書刊，我大多時候從右側進店，進到盡處是一張小書桌，後面是高及天花的書架，有不少大部頭的舊版精裝日語文集以及更凌亂的舊刊，似乎都已放置多年的樣子，顧店的是一位看來二十來歲左右的女性，工讀生都稱呼她為「學姊」，店面有時是她和一名工讀生在料理，有時只有工讀生在店。

每天下課回來，晚餐後或週六午飯後，我必到書臣舊書坊逛一會，翻一下書，算是度過一天的生活，大三搬到比較遠的新興路二十五巷，每天逛書臣的習慣不改，我想我真的成了一個「書臣」了。

東海大學約農路正門外是寬而長的台中港路，對面是台中榮民總醫院，附近一帶是草叢、荒地、公墓與工業用地，很少民居，也幾乎不見生活社區，約農路正門除了車子，絕少學生走路進出的，賃居校外的學生，都沿文理大道往又緩又悠長的斜坡走上去，經過圖書館左邊小路，到圖書館後方相思林邊的蜿蜒小徑，一直爬到盡頭，穿越一道鐵質旋轉門（後來拆除改為可跨越的石框欄杆），就離開大學範圍，踏進一個稱為「東海別墅」的社區，也是東海附近唯一社區，旋轉門外幾步，橫亙著東園巷，往右是二弄、三弄和四弄，再過去就是台中港路，越過台中港路再往前大概十五分鐘步行路程是國際街社區；而走出旋轉門往東園巷左邊，經過一弄再走就是另一段斜坡路：新興路，在不同巷內再有主恩書房、東海書苑兩家我常去的書店。

東園巷和新興路是頗狹窄車路，上下行各容一線行車，公車、汽車、機車行走其間，傍晚下班時分難免擁擠，當其時，若從旋轉門走出，一踏進東園巷，馬上一陣濃烈機車汽油味撲面，許多年後在香港，馬路上偶然嗅得機車汽油味，仍每每浮現這東海別墅之一景。

二、台北之行

大一那年期中考結束之日，駿男駕車停在十一棟宿舍一旁，志偉、俊宏、崇建和我登上，把大一國文、韓柳文、軍訓等課業都拋開，五個少年同行走一段往台北的路。下午接近傍晚時，車經過桃園，在駿男的朋友家稍停休息，晚上抵達了台北。

志偉讓我到他家留宿，他的父親向我談了許多，更聊到過去台灣的一段歷史、社會、政治情形，雖然帶濃重台語口音的國語，對於到台不久的我，只聽懂五、六成，仍很感謝這位中年長者的親切關懷。翌日早上，我打通了電話，找到就讀台大中文系的中學同學，我坐公車在羅斯福路下車，首次踏進了聽聞已久的台大校門，同學帶我逛校園，在一處寬廣的水池邊，不遠處可見附近一帶環抱的大樓，我說，這裡頗有點像香港的維園。同學再應我之請，帶我到台大附近的舊書店，汀州路的公館舊書城、古今書廊，我如進寶山，她再帶我到唐山、結構群、聯經等書店，我默默緊記路徑，猶如一段朝聖之路，這一帶將成為我日後到台北必到之地。

晚上，同學送我坐車回到志偉的家，我告訴志偉今天的台大行程，又問他台北的舊書店地址，翌日中午過後，志偉帶我坐車，到了一座橋底下的光華商場，下樓梯踏進場內一刻，我真有點驚愕，從未見如此情景，建築格局有點像香港賣電腦的黃金商場，但一家挨著一家的都是舊書店，每家店從裡面到門口都堆放雜亂的書刊，舉目都是書架，觸手都是由地面堆疊成山的舊書舊雜誌，這在香港是不可能的魔界一樣的幻想。

光華商場，這魔界一樣的舊書大賣場，場內固然大部分是一般二手書，多是輕文藝、通俗心理學、考試用書、大學用書等等，我仔細又快速地逐格書架搜看，還是找到不少合意之書。有一些一九六〇年代的文藝雜誌，例如《歐洲雜誌》、《文星》和《文學季刊》，店主都知其來歷，且索高價，我唯有就地翻閱。繼續一家一家的探尋，陸續再覓得其他好書，包括一些遠景版的香港作家著作，劉以鬯《一九九七》、《酒徒》兩部小說、戴天《岣嶁山論辯》和蔡炎培《變種的紅豆》兩本詩集，還有民眾日報社出版的也斯《養龍人師門》、幼獅文藝出版的劉以鬯《寺內》和也斯《灰鴿早晨的話》，這些書聽說印數本來不多，運到香港更少，早已絕跡書肆，確屬珍本無疑。

在光華商場逛了整個下午，志偉也在逛，我們分頭行事，像處理一宗大事，約好了時間再碰面，待走出光華商場，已差不多近黃昏了，就到商場外附近的橋下路邊小攤販，吃了一碗台北風味的魷魚羹麵，一陣晚秋涼風吹來，伴隨身後的車聲和機車汽油味，我右手拿筷子吃麵，左手抱著一捆挑選出的珍本舊書，到現在還記得那一碗魷魚羹麵的味道。

台北的書世界比美食吸引，光華商場於我如魔界，台大彷若書的聖山，重慶南路卻是書的人境。台北舊書店的書架縫隙間抖落了字魄，還是嫣然魅影？台北是書的《山海經》，還是書的《幽夢影》？台北的書界另有現代的構造，是書的《百年孤寂》、書的《尤利西斯》。每當我在台北西站那半圓形登車口，登上國光號客運回程台中時都在想，不知台北這書和人的純境可以多長久，但有預感一切魔界、聖山或人境，總抵不住世態的遷移，似陣陣東海幻風凜冽、不息。

三、古琴與結他

住進東園巷三弄二號後，我買了一小台卡式錄音唱機，每夜播放我從香港帶來的卡式音樂帶，有我一貫喜愛的 Bob Dylan、Simon & Garfunkel、Led Zeppelin、Pink Floyd，也有剛開始聽的古琴音樂《吳門琴韻》，一九八九年間香港雨果唱片出品的吳兆基所奏兩輯古琴獨奏，它們都伴我度過許多讀書、寫作、寫信的晚上。

大二期中考結束後的十二月初，我在學校前往信箱間路上的海報牆，赫然看見音樂系舉辦古琴音樂會的消息，有師生的琴簫合奏與獨奏，更重要是有吳兆基的演講與示範。我根據海報所示日期時間，來到約農路接近盡頭的音樂系館，有幸得以觀賞一系列的古琴演奏節目，尤其是吳兆基的演奏，已屆八十的古琴家彈了一曲〈憶故人〉，正是我在《吳門琴韻》卡式帶中聽到的曲目之一。

我第一次親身目睹古琴演奏，為那獨特的弦音深為震動，並且好像感應到一些什麼，似寂然又似超脫，當晚回到宿舍，就想寫一篇文章記錄我的感覺，我伏在窗前小小的書桌前，在原稿紙寫下〈古琴三疊〉，是一個仿傚古琴曲〈陽關三疊〉的題目，我還不知可以怎樣把自己的文字「三疊」起來，就構思了三個小標題，先從最直接的「記一場音樂會」開始寫，第二小標題「憶故人」談談〈憶故人〉這曲，最後不妨用李白〈聽蜀僧濬彈琴〉中的一句，「餘響入霜鐘」為題作一段小結。

文章寫成後放在抽屜沒有發表，一直到大三期末考前後把文章修訂完成，改題目為比較樸素的〈古琴的聲音〉，投到「八十二年度教育部文藝創作獎」的「社會組散文類」，在報名欄目的「經歷」一項，我填上「東海大學學生」。

我從沒想到在東海別墅賃居處，每夜播放吳兆基演奏的《吳門琴韻》卡式帶，竟真的有機會觀賞到吳兆基本人彈奏，並就在校園內，已是夢幻一般的機緣，而在我完成文章後，大三結束的暑假回到香港，從《越界》的廣告看到招收古琴學生的消息，我由此開始跟隨一位在香港演藝學院畢業的青年老師學習古琴，從調弦、指法和解讀「減字譜」開始，至八月底上了十二課，初步習得〈仙翁操〉、〈陽關三疊〉等入門之曲。一九九三年九月初，我在九龍啟德機場攜著一張古琴，登上往台北的飛機。

音樂實現了生命，我一直覺得，音樂、文藝在音符、文字以外，更是與機緣結合的信念，音樂、文藝如同人生，亦有其造化與因緣。

回憶中學三年級結束的暑假，一九八六年七月，父母曾帶哥哥和我一起旅遊台灣，父母比較熟的台北地段是西門町一帶，沿著縱橫交錯的行人天橋，逛過中華商場，我印象特別深是看到好幾家樂器行，那時我學習古典結他已三年，知道台北有一家很專業的出版樂譜的「大陸書店」，就請父親帶我去那位於衡陽路的店，在父親與店家寒暄之時，我已從架上撿出好幾份以深綠色封面出版的散頁裝古典結他樂譜。

大二那年，因為參加了基督教團契，想買一把鋼弦木結他，就想起台北的中華商場，於是同在期中考結束之時日，我第一次踏上隻身前赴的台北之旅，中華商場、光華商場、唐山、聯經、台大附近的汀州路舊書店，以至重慶南路的世界、正中、商務和三民都在我的行程表上面。

我先按照記憶中的路線，從台北客運站沿行人天橋往西門町方向，一直走到中華商場，找到好幾家樂器行，我看了一會，挑選了一把Martin出品的鋼弦木結他，再到不太遠的重慶南路，找到一家比較便宜的旅館，位處行人天橋上下階梯的附近，許多年後行人天橋拆除，仍記得那位置。

四、大度山風

大二暑假，我在東園巷三弄二號住滿一年，搬到較遠的新興路二十五巷，距離東海別墅旋轉門大概十五分鐘路程，我仍常常「回到」東園巷三弄的書臣舊書坊，當然新興路二十五巷附近，也有值得留連的好地方，就是「東海天廈」社區旁邊的「聞香牛肉麵」，連同不同巷弄裡的烤秋刀魚、燉三杯雞、滷肉飯、蚵仔麵線、蛋包飯、彎豆冰，共同構成我日後懷念的東海味道。

大三之年，我修讀頗多中文系以外科目，哲學系蔣年豐老師任教的「人文學科：思考方法」，以Irving M. Copi所著*Symbolic logic*為教本，開啟數理邏輯思辨之門；歷史系林載爵老師任教的「中國近代思想史」與「中國現代思想史」兩門課，整整一學年帶我們精研譚嗣同、嚴復、康有為等人的思想內涵。還有必修的「電腦應用」與「資料處理」，從中文輸入、文書處理到電腦程式C語言都學到了。

上學期的「電腦應用」與下學期的「資料處理」都在中正堂地庫的電腦中心上課，中文系以外有許多外系同學一起上課，其中有一位念大四的蔡學長（很遺憾我竟忘了他的名字），有時候也會在路思義教堂的週日崇拜碰面，與他特別投緣，幾乎無所不談的，他比較了解東海的歷史掌故，跟我談到昔日楊逵的東海花園故事，我也向他介紹我所知的曾在東海中文系任教的徐復觀、趙滋蕃這兩位學者作家的故事；蔡學長是我大學四年間在中文系以外結交最要好的朋友，很可惜他畢業後就沒有再聯繫。

前人的故事，我們的聲音，都將一一盡如風散嗎？

在我幾乎每天留連的書臣舊書坊，有一次我看見兩本一九五六年版的《大陸雜誌》合訂本，裡面有文章合我看，就拿去結帳，工讀生在帳冊抄下書刊名字，然後翻開目錄看了一下，抬頭問我裡面的一個字怎樣唸，我就告訴她。隔了一天我再去，看見架上還有另外一本《大陸雜誌》合訂本，於是又拿去結帳，工讀生依舊抄下書刊名字，再輕聲問我，為什麼想買這雜誌，我說只是喜愛舊刊。我認得這位工讀生，我知道她也認得我，我應該與她多談幾句的。

默默的離合，悄悄的聚散，每隔若干時日又在這寧靜社區裡循環，我們有時無感，直至一陣大度山風吹起，風勢每每凜冽，我情願它可以輕柔一些。

五、友誼的紀念

大四下學期，一九九四年三月二十三日，我在記事簿上寫著：「早接台北來電，謂參加教育部文藝獎的作品已獲佳作，請寄上磁片以便發表云云。我已幾乎忘記此事。下午寄出磁片，晚上整理修辭學書目。」能把這段紀錄一字不易轉錄在此，因我把記事簿保存了二十八年，成為本文憶事之所據。教育部文藝創作獎的頒獎禮定於五月初，那天我有課無法前赴，直至月底，趁畢業考試結束，再去一趟台北，前往南海路的臺灣藝術教育館辦公室領取了獎牌與獎金。

回台中不久，參加謝師宴，隔天晚上去志偉的宿舍，與慶元、崇建、耀明等等幾位好同學，畢業前最後一次聚會，我帶了結他與古琴，為他們彈奏，古琴彈的是〈酒狂〉，再以結他自彈自唱了一首歌，香港的民謠風流行曲〈相對無言〉，我解釋說，這是一首一九八〇年代初改編自英文歌 *Today* 的廣東歌，歌詞內容是久別朋友之間的感慨和勉勵，以作我們友誼的紀念。我相信，志偉、慶元、崇建、耀明幾位，會記得這一夜。

畢業典禮定於六月十九日在東海大學中正堂舉行，十八日我到台北接從香港過來的父母親，一路乘車到台中新興路二十五巷我的宿舍裡，十九日早上一起參加了畢業典禮。傍晚我帶父母親去台中市，在我比較熟路的火車站、綠川西街、繼光街和中正路第一廣場附近逛了一會，走著走著，我發覺父親比我更熟路，原來他年輕時就已到過台中市這一帶，他從來沒有向我提起過。

形勢改變了，現由父親領路，沿著自由路走，到了台中公園，這公園我反而從未進去過，卻原來是父母親他倆的舊遊之地，他們帶我走到園內的日月湖邊，興致勃勃地拍了很多照。我想，這畢業典禮，實在是為他們而舉行。

六、風再起時

畢業典禮那天，也和好幾位同學拍照、話別，他們當中的大部分，自那天之後就沒有再碰面了，只有志偉、慶元、崇建、耀明、柏全、駿男，許多年後重聚過。

我沒有告訴他們，每次重聚時，剛巧都是我的命途轉折時。首先是一九九七年暑假，我結束在中文大學擔任助理編輯的工作，進嶺南大學念碩士，趁這轉折間的暑假，去了一趟台灣，在台北與志偉見過面。然後是二〇〇四年，嶺大博士班畢業那年的暑假，在台中與志偉、慶元，在台北與崇建、耀明聚會。接著是二〇〇六年暑假，結束了在嶺大的第二次十個月合約教職，到台灣，在崇建和耀明開設的「千樹成林」與志偉、慶元、崇建、耀明、柏全、駿男聚會。

以上這幾次，都是我的命途轉折時刻，到台必定去東海，就好像一趟療癒之旅，特別記得二〇〇六年暑假，「千樹成林」聚會後翌日我從台中市乘車往東海大學，下午再逛東海別墅，重臨東園巷三弄、新興路二十五巷，傍晚再到東海校園，坐在圖書館門前石板座，看文理大道亮燈。我想對大度山風說，不必再凜冽的吹了，我已經完全明白你要表達的意思。時代之風料峭，大度山風你也吹得很累了吧？你辛苦了，何妨吹得輕柔一些？

東海靈光錄

遠看東海大學路思義教堂，像一雙合掌禱告的手，又似一座曠野中的營帳，已為無數慕名的遊客攝影目光記錄過，卻另有可說限時呈現的、不易記錄的一景：週日第二場崇拜的尾聲，牧師講道完畢了，聖餐施行過了，詩班獻唱過了，接近正午時分，穿透教堂頂部兩面如合掌牆壁之間的玻璃，映進室內的一道陽光，剛好投射在走道的正中央，耀目而溫煦，是勝過一切講道與聖詩的，一束不可言說、無可言喻的靈光。

所以，什麼都別說，就請你，什麼都別說好了。

但我仍然希望，人間可有綿綿無盡的對話。

一、靈光的聯繫

自東海大學中國文學系畢業回香港後，度過三個月迷惘無業的日子，十月終於通過了筆試和面試，獲香港中文大學中國文化研究所錄取為「古文獻資料庫研究計畫」助理編輯，該計畫為古文獻嚴謹校勘電子化的先驅人物劉殿爵教授創立，我主要跟隨時任計畫協調員的何志華先生，協助編校工作，每天細讀古文獻電子化列印稿，將其與底本並不同版本的古籍原典及類書校讀，注出異文，遇衍文缺誤，則據可信之版本校改。

古籍原典，包括很多線裝別集的重印本，主要存放於新亞書院錢穆圖書館，而類書例如「四部叢刊」、「知不足齋叢書」等等，因屬圖書館學分類上的「總類」，則存放於中大本部的大學圖書館，因此，我每隔一、兩天至多三、四天就往返於這兩家圖書館，從大學本部位處「百萬大道」起點的大學圖書館，跑到山上的新亞書院，再折返大學本部「百萬大道」另一旁的中國文化研究所，為省時間，不想等校車，全是走路來回，結果是腳力、步速獲得意外的鍛鍊，但時刻對著古書而鮮少說話，精神不免苦悶，下班後，喜歡沿崇基書院的幽深小徑散步，到眾志堂的小餐廳吃點東西，再進崇基書院圖書館翻哲學書，或借閱幾本外文翻譯小說才回家。

有一天我注意到崇基圖書館入口右側一面樸實無華的石牆上，帶點低調地、拒絕誇耀地懸掛圖書館全稱字號：牟路思怡圖書館（Elisabeth Luce Moore Library），覺得這名字、這低調的樸實有點親切、有點似曾相識，猛然想起我的大學母校，東海大學最有名的建築物，路思義教堂（Luce Memorial Chapel），原來都紀念同一個美國傳教士家族，千里之外，台港兩地，有我們久經忽略的，靈光一般的聯繫。

二、同質的靈光

在另一個正午時刻，如果你願意沉思，折射到心間的語言，或輕輕翻過的一頁裡，曾忽略又想找回的、浮游天使一般的文字，是否就是，聯繫孤寂人間的靈光？

東海無疑是美麗的、理想的大學，但我心仍有重重糾結迷惘，大一上學期未盡，十二月初已有退學回港之念，可能有感課業不足，或感到與過去的生命斷裂太甚，只有書本提供文字筆畫一般的連接，晚上從熄燈關門的圖書館走出，被十二月凜冽的大度山風吹得幾乎要被捲走，是我瘦得太輕了嗎？這時不知什麼力量，也許是殘舊書包裡幾本從圖書館借閱出來的書的重量，不，應是書頁間一列一列比我身還重的文字，把瘦削、迷惘的我拉緊在地面，重新看見前面有光，正是文理大道緊貼地面而亮的一盞一盞小路燈，我就像一個久渴的航海者，不假思索地往那光移動過去。

往後許多年，路思義教堂正午投射到走道的一道陽光，與文理大道看來那麼幽微而溫柔的小路燈，於我都是同質的靈光。

三、經文與軍歌

大一暑假之始，一九九一年七月二日，我根據令牌一般的通知，清早到達台中市一家中學集合，再跟著人群乘車出發前赴成功嶺，旅遊車上滿座的少年全都一路無言，大家心裡都明白，現在不是去旅遊。

記得下車的一刻，馬上被喝令奔跑到大操場的前方列隊，軍官宣布一些規例，包括禁止攜帶任何書本、食物、衣服進營房，隨身物品，除了錢包之外，一律鎖在保管室中，直到結訓才能領回，我們出發前已知道了。

這規例我出發前已有所聽聞，擔心無書可讀的苦悶而思考著，有沒有一種極小開本的書可以拯救我？我想到曾在一家基督教書店，看到一種比半隻手掌更小的、很微型的袖珍版《新約聖經》，就去買了一本，夾在錢包內，成功帶進營房。換過軍服，理了光頭，頭髮不見了，尚幸軍服褲袋裡，藏在錢包中的經文還在，是我在那一刻僅存的可以依靠的書本。

營房內大部分是剛考上「五專」的本地新生，其他是來自不同院校剛念完大一的港澳「僑生」，進駐營房後第一命令，是背誦「精神答數」與背唱軍歌，我特別抗拒軍歌，但在班長嚴詞喝令下，唯有跟著口型發出類似的腔調。由於每天反覆聽著集體背唱，尤其一位軍階較高的排長，見我背唱不清而喝罵最凶，我終於從模糊的口型腔調，最後演變成烙印般的音階，至今被迫記得這樣零碎的歌詞：「英雄好漢在一班」、「冒險是革命的傳統」、「愛的教育給我們心靈滋養」、「復興中華，所向無敵立大功」……其餘仍是只有音階而沒有文字的腔調。我願意尊重傳統，但於我來說，這樣持續六週的軍歌反覆背唱，是人生中最可怕的音樂課。

四、頑石也會背誦經文

靈光在哪裡？
不在正午，不在急風凜冽的晚上
音階遺失，就從心階下墜
但如果你願意，頑石也會背誦經文

成功嶺上，每天就是體能訓練、軍事演練、晨昏打掃，不失為一種群體健康生活，有時遠行操兵野戰，炎夏時分不免疲乏，每天午飯後指定的教室午休時間，每個人必須伏在書桌午睡一小時，事實上打從清早五點半起床到午後，大家實在都累了，我也許為了調劑，也許為了抗衡，利用午睡時間拿出藏在軍服褲袋裡的袖珍版《新約聖經》閱讀，但班長發現了，喝令我伏下午睡，我就伏下，仍打開那本《新約聖經》在桌上，手指按著書頁，睜眼閱讀，班長沒有阻止。

經過戰戰兢兢的步槍射擊、炸藥間伏進的「震撼教育」，再從台中烏日出發到東海大學再折返成功嶺的夜行軍，六週的大專集訓終於到了尾聲。結訓離營前一天，平常喝罵最凶的那位軍階較高的排長，傳話給班長叫我到營房辦公室，排長二話不說，從他的書桌抽屜裡，取出一個白色紙盒給我，打開紙盒，是一本黑皮封面金邊書頁的和合本《聖經》，排長竟把他自己平日閱讀的、珍貴的金邊《聖經》送我，更在扉頁題了字：

「智德：主的話是你腳前的燈，路上的光。」

下款是他的簽名，另寫上位於花蓮的地址。我到底做了什麼？竟承受如此貴重的祝福，我心懷感恩，向排長致最後的敬禮手勢。

靈光在哪裡？
不在正午，不在急風凜冽的晚上
腳前點燈，就從心階發亮

五、「抗衡文化、逆流而上」

我念的中學，是一家有名的基督教中學，從入讀其名下的幼兒園開始就學習《聖經》，再從小一到中六，每天都有「早禱」、每週都有《聖經》課；而在一九七、八〇年代我所感受到的基督教，不只是宗教信仰，十九世紀從歐美傳到香港的一種受基督信仰薰陶的資本主義倫理，以增加資本而非享樂為人生目的，視增加資本為一種生存責任，更作為「天職」的和應，[1]成就推動香港都市文明的一種社會文化，五〇年代以還，某程度上也婉拒著不管左翼或右翼政治意識形態的狂熱簡化二分思維，所以基督教在一般人理解的宗教層面以外，對香港有更重要的抗衡政治的作用。

一九七、八〇年代，廣義基督教文化中視野開放的力量，尊重也理解文藝，其中天主教機構所辦的《公教報》、《時代青年》，基督教機構所辦的《突破》、《文藝雜誌季刊》都是與香港文學關係密切的重要刊物。我在中學就從《突破》的文藝版讀到也斯、胡燕青、鍾國

1 有關資本主義倫理的概念，參考馬克斯・韋伯（Max Weber）著，于曉、陳維綱等譯，《新教倫理與資本主義精神》（*The Protestant Ethic and the Spirit of Capitalism*）（北京：生活・讀書・新知三聯書店，一九八七），頁三六－四〇。

強、陳德錦、吳美筠、洛楓的詩和文，也曾投稿獲得刊登。《公教報》的「青原篇」由「香港青年作者協會」主編，我也曾投稿散文和詩作。《文藝雜誌季刊》辦過多次香港文學座談和作家專輯，它的出版者，基督教文藝出版社承續上海廣學會的精神，重視教會文化與現代思潮的傳播。

《突破》每期在封面標示其「抗衡文化、逆流而上」的猛志，創辦人蘇恩佩女士是基督徒作家，一九七〇年代往返香港與台灣工作，著有講述留美學生在政治和信仰和異國去留間掙扎的中篇小說《仄徑》（一九六七）、寫及香港生活反思與日本遊學見聞的散文集《巴士，渡輪，747》（一九八〇）、再有細述她與癌症奮戰的散文集《死亡，別狂傲》（一九八一），這書更可說是香港較早期的「疾病書寫」專書文本。蘇恩佩作品的文學價值，藝文學界幾無任何研究，然而五四以來的新文學史上，在主要側重的左翼文學議題與現代派文藝書寫以外，能貫徹更屬小眾的基督教藝文倫理精神的作家，我只想到許地山和蘇恩佩。

就是這種開明又勇猛的、懷抱現代思潮與藝文共同「抗衡文化、逆流而上」的基督精神，從小學階段就吸引我、呼召我；經文如有磁力，招引文藝歸途，教我發現低調不誇耀的樸實名號、自然的投照、幽微而溫柔的小路燈，都是同一浮現心間的靈光，台港兩地、宗教與藝文，身姿有異卻何妨同路、無礙同途。

六、「你一定會被感動的」

大二那年，我開始投入在東海的僑生團契活動，特地往台北西門町中華商場的樂器行，買了一把聲音響亮的鋼弦木結他，為團契活動中的唱詩環節作伴奏，又隨不同的學長學姊到過台中兩、三家教會，其中有些聚會中出現頗激烈的、帶有「靈恩派」作風的「方言禱告」，我想起自己分別在小五與中一時參加過香港一家靈恩派教會，每到方言禱告環節，牧師按手在我頭，要我得到聖靈所賜的方言，但我始終無感。

我也許天生對宗教有著一種既親近又有所距離的敏感，願意尊重、認識不同宗教的想法，但不輕易投入。中四、中五之年，放學回家途中，幾次遇上「耶穌基督末世聖徒教會」（現稱「耶穌基督後期聖徒教會」，外界又稱「摩門教」）的傳教士招手，我都停步在路邊細聽其說，以至討論了接近一小時，總是婉拒進一步邀請就作別。

大三那年下學期，東海別墅東園巷一弄開了一家「XX文化教育活動中心」，有一天傍晚我經過門外，遇到填問卷調查的邀請，我就填了，然後被邀進活動中心裡面坐，我就進去了，問卷人把我帶到一張小方桌，一位東海學姊與我談話，慢慢談到有一位很有啟發性的老師，錄製了一套十二捲的錄影帶影片介紹「原理」，每捲九十分鐘，要付款租看，而且一定要把十二捲全部看完，「看到最後你一定會被感動的」，她反覆強調我會被感動。

如此這般，在一九九三年三月有接近兩、三週的日子，傍晚過後，我逛完東園巷三弄書臣舊書坊之後，就到一弄那一家「XX文化教育活動中心」，付了租金看錄影帶，我不是為了「被感動」，而是意識到該錄影帶是有關宗教的，我想了解。每次如約按時進去，都先從那位學姊拿到錄影帶，再到另一角很像圖書館視聽設備的獨立桌面上，戴起耳機觀看錄影帶，影片一開始就是一位穿著西裝的男性老師站在講壇前，以中文國語講述，背後是一面大黑板，男性老師一邊講、不時一邊轉身寫黑板，鏡頭就如此定著拍了九十分鐘。

現在回想，我為什麼會有如此不可思議的耐心，軍歌的背唱一刻都難以忍受，卻能坐看如此九十分鐘錄影帶，大概如前文所言，一種對宗教願意尊重的既親近又距離的敏感，一開始就意識到這錄影帶是有關宗教，果然那位男性老師一開口就從《聖經》的〈創世紀〉談起，頗仔細地逐漸從舊約談到新約，卻又旁涉一些中國儒家、道家，以至西方哲學說法，我視為一種對《聖經》的另類解讀，不失為思想激發過程，於是一天一天地去看錄影帶，每次看完，學姊都坐在小方桌，也沒有與我討論什麼，只是微笑，一副「你看到最後就知道」、「你一定會被感動的」的姿態。

如此度過兩週多，終於看到最後，播放第十二捲的錄影帶，原本每次都在的男性老師不在了，畫面也完全不同，實際上是一部紀錄片，剪輯很多人物活動圖片和歷史影像片段，旁白員很投入地講述一位宗教家的生平和思想，強調他如何偉大和神通，無數的人受他感召，許多人聽過他的道理就哭了，大家都被他感動，涕淚縱橫的，哭得很厲害。

我對第一到第十一捲錄影帶的黑板前講述頗有思考，面對這第十二捲卻是瞠目結舌地發呆、想睡。

終於這第十二捲都看完後，學姊仍坐在小方桌，等我走過來，微笑著、眼神有所期待地問：「你有什麼感覺？」

我不到半秒就回說：「沒有感覺。」

她表情很詫異、很錯愕，好像這是不可能的、從未遇到的回話，她期待我再說什麼，我實在無言亦無感，仍如常交還錄影帶，道謝後就離開，從此沒有再進去。

七、路思義，再見

靈光在哪裡？
不在正午，不在急風凜冽的晚上
淚水無感，直往心階瞌睡
但如果你懷疑，頑石也會深深感動

東海四年，零落地去過東海教堂與台中市的基督教堂，對教會活動頗感疏離，唯在僑生團契活動中投入，除了彈結他伴奏，大三、大四兩年主編過團契刊物，找同學寫，自己也寫，又選刊轉載他方文字。慶幸團契導師容忍我，因為我愈到後來，愈把刊物編得像香港另類搖滾樂團黑鳥出版的《黑鳥通訊》，我根本把它視作藍本，甚至參考該通訊的封面標語「音樂／文化／生活政治」，自作主張地在每期團契刊物封面寫上這口號：「信仰／文化／生活」，我想他們都慶幸我終於在大四下學期交棒，把刊物交給學弟妹主編了。

與我一起負責團契刊物的一位同屆而不同系的僑生同學，團契活動以外，沒有太多交流或共同話題，卻有著某種近似的氣質、默契，現在回想，我應該和他多交流，我們可以是好朋友，可以是教會活動以外，更真實純粹的朋友。

畢業之後，我回港，他一直留在台灣，畢業後第一個聖誕節，他寄聖誕咭連同兩頁書信給我，分享他在台找到工作之後的生活，我回信給他，然而絕大部分以至全部同學，畢業後都難以持續通信了，這也是自然的事，我們互通一次信就沒有再繼續了。翌年聖誕節，即一九九五年十二月，他再寄聖誕咭給我，只有上下款，沒有說什麼，我回了書信問候他，他再回信來表示感謝，提到這年來再無收到同學書信。

他寫了幾頁長信，談到剛剛過去的九五年聖誕節，他特地回到東海，很懷念昔日的教會氣氛，即使由於在台生活工作壓力等緣故，已離開教會多時，仍很想再參加東海的聖誕之夜崇拜，卻見路思義教堂附近一帶擠滿前此不見的各式各樣民眾，到處是穿一身紅色聖誕裝束打扮的男女、拍照的人、唱歌的人、遊玩吃喝的人，團團人群圍滿了教堂附近所有草地以至外圍道路，他半步都無法靠近那心中嚮往的、充滿聖誕回憶的教堂，忽然覺得，此地再不堪停留，只有轉身，黯然離去。

靈光在哪裡？
不在正午，不在急風凜冽的晚上
書信零落，友伴心階夢碎
如果你懷疑，頑石也會深深感動

八、忍耐之道

靈光在哪裡？如果我感到無助，我應該求問於路思義教堂正午投射到走道的陽光，還是文理大道上緊貼地面的小路燈？我聽見的是鼓響，還是灰鳥拍翼的聲音？時代亂紛紛，荒街犬吠嗚咽，如有回音。靈光叫我要忍耐，但應如何忍耐呢？靈光說目前還不能告訴我，日後我自會慢慢明白。

我想再問，但靈光再無回音。時代有疫病、有硝煙，以至不斷下墜的心，入夜驚見我城慘厲，直如一座，無情鬼域。靈光消隱，靈光已無語了嗎？一封一封書信都標示著「無法投遞，退回原處」。難道靈光竟如許地山〈無法投遞之郵件〉裡的真齡，因「去國，未留住址」，使書信盡皆退回，還是，如同覆少覺的書信，因「受信人地址為墨所污，無法投遞」呢？

靈光，敘事者稱勞雲為詩犯，卻不知原由，也許只是敘事者自困的解說：「你問我為什麼叫你做詩犯，我自己也不知其所以然。我覺得你底詩雖然很好，可是你心裡所有底和手裡寫出來底總不能適合，不如把筆摔掉，到那只許你心兒領會底詩牢去更妙。」許地山提出以「詩牢」超越「詩犯」，實在同是我心一種以詩超越詩之純境，我也想寫信給勞雲，可是，收信人勞雲「已投金光明寺，在嶺上，不能遞」。

靈光消隱前的最後留語，仍是叫我忍耐。靈光，可知我身所處之亂世人間，時代有煙燻、有網羅重重關，鳥語囁嚅，蟬噪噤聲，大廈行走，帶領人們逃亡；大廈崩塌，城市的慘笑更悽厲。我向月華寄語、向雲際傾訴，想像有宇宙間無形的耳在聽；雨滴點點傾斜成文字，但語言蒸發了，獨留下一座空心的城。

每當我絕望，仍想確信，文藝使人得自由、使人無懼，文藝教人以生之勇氣，特立於時代。此刻靜觀遠望，尚有渺渺靈光，不在正午，不在急風凜冽的晚上，回憶中的東海靈光不就是，父母親在台中公園的身影、白色宿舍裡的友誼、防空洞裡回音幢幢的讀詩聲、書臣舊書坊的帳冊、文理大道幽微而溫柔的小路燈，呵，是的，還有那本珍惜保存在原裝白色紙盒三十年以迄於今、有排長題字留名的金邊和合本《聖經》，裡面確有靈光照亮的一段、強調愛與忍耐的經文，供我時時唸誦。

靈光，這就是你所啟示的忍耐之道嗎？容我端正身姿、整頓儀容，懷著至真至誠之心，為你唸誦：「我若能說萬人的方言、並天使的話語、卻沒有愛、我就成了鳴的鑼、響的鈸一般。我若有先知講道之能、也明白各樣的奧祕、各樣的知識．而且有全備的信、叫我能設移山、卻沒有愛、我就算不得什麼。我若將所有的賙濟窮人、又捨己身叫人焚燒、卻沒有愛、仍然與我無益。愛是恆久忍耐、又有恩慈．愛是不嫉妒．愛是不自誇．不張狂．不作害羞的事．不求自己的益處．不輕易發怒．不計算人的惡．不喜歡不義．只喜歡真理．凡事包容．凡事相信．凡事盼望．凡事忍耐。愛是永不止息．先知講道之能、終必歸於無有．說方言之能、終必停止、知識也終必歸於無有。」[2]

2《聖經》（和合本）〈哥林多前書〉第十三章一至八節。此處引錄，用字及標點悉照和合本原文並無改易。

古琴的聲音

一、記一場音樂會

主持人說，這不是演奏會，只是一場發表會。主持人退去，音樂開始了。初習古琴僅三個月的學生合奏練習曲，然後有老師的演奏、有古琴與簫的合奏、也有古琴與西洋樂器的合奏。這是古琴的聲音，有時在年輕人手裡顯得年輕，有時在各種樂器的配搭中顯得繽紛。

我曾在一些藝術、文物圖冊上，見過博物院所藏幾張唐宋名琴的樣子。澹泊、深沉、如水的七弦橫張。那不是來自遠古的樂器？據說這是周代或者更早就有人彈奏的樂器，後世一直在知識分子間口傳心授。作琴者誰？想起了鼓瑟的曾點、挑動文君的司馬相如、臨刑一歎〈廣陵散〉絕的嵇康。古代文獻中有不少關於「琴」的記載，《說文》：「琴，禁也，神農所作，……象形。」琴學本就是真正在中國本土創製、發展的文化。《白虎通》：「琴者，禁也，禁止於邪，以正人心。」《禮記》：「士無故不撤琴瑟。」古代知識分子用以修身，亦以自娛，本是很普遍。至今日很多人未聞有此樂器，有人以為它已經失傳，或以為只有在傳統儀式上作為點綴之用。如果讓大家都來聽聽這場音樂會，一定會驚訝，原來這種樂器也可以有年輕與繽紛的一面。

發表會最後以新詩朗誦與配樂的詩歌結束。這是我校音樂系舉辦的古琴音樂會，地點在校內的音樂系館。會場坐了不少人，大多是音樂系的學生。宣傳海報謂會後有來自大陸的古琴家吳兆基先生的演講與示範，這是我整晚等待的項目。

主持人介紹他，已屆八十的古琴家原來是教授數學的老師，也有數十年太極氣功修為，第一次來台灣，也第一次在台公開演奏，就在本校的音樂系云云。古琴家從第一排觀眾席站起，面向觀眾，親切地笑，笑得像個天真的小孩；雙手抱拳敬禮，是否要我們也抱拳還禮？滿座的年輕人開懷地拍掌，意外地看到這位文武雙全的老前輩全無一派宗師的架子。

他走到一張古琴前，站著、說自己學琴的淵源，也談些西洋音樂，說自己最喜歡貝多芬的〈命運〉交響樂。這古琴家長鬚白皚，雙目炯炯有神，令我想起熊十力、豐子愷那一輩人物，如今出現在我眼前。他穿一襲咖啡色西服，結了領帶，但並不局促，洋裝無損他的古樸，也自有一份寬廣。說話帶有鄉音，也不難懂。說到他預備彈奏的曲子，他說這〈憶故人〉是明末清初的曲，當時沒有流傳，是怕曲名觸犯政治禁忌，實質作曲者所憶的未必就真是明朝。此曲一直到民國才被發現、整理成樂譜公開。他說現在奏此曲，是為了當年戰後失散的兄弟，最近始獲消息，如今在台灣重逢。從前他常愛奏此曲，每念兄弟親故而黯然。

我想他仍有其他故事的，但他只說到這裡便悄然坐下。我屏息了，為的是他雙手輕撫著琴，想著數十年間常奏的曲。他彈了幾響，又靜下來；稍聚心神，手一揮，一曲〈憶故人〉便委婉悠揚地開展。弦音輕淡，有時低沉，在跡近無聲的地方，只隱然聽到手指擦弦的聲音，像一個人悄悄的泣，沒有嚎啕，只有滴下來的淚。那種足以聽見淚水滴下地的微聲，再細聽卻是一個人不太安寧的呼吸聲，不急促，也非平伏，彷彿是一個人心亂欲平的心緒。難道這就是上古製琴者的心聲？弦歌不輟，穿越三千年又傳到現代。我感到一絲寒涼，微微顫抖，又極力平伏自己。觀察他彈奏的姿式：從容中顯出氣度，他彈出來的顯然與其他人不同。這也是古琴的聲音，卻不僅只有一般人心目中那老舊的傳統那麼簡單。我知道他彈奏古琴不只為了演繹傳統，不是重複過去，也不是要應和現代，他有更廣闊的世界。只是弦音沉沉，七弦不是人間物，到底奏者也逃不出人間的悲苦。

不知此時他腦際是否出現縈繞多年的親故？然而樂曲包涵的也不只這些。弦音漸寂、手凝定、再按住尚有餘響的七弦，剎那的寂滅，然後古琴家抬頭微笑，掌聲結束了往昔憶故的空間。

二、〈憶故人〉

他所彈奏的〈憶故人〉，確實是一首獨特的琴曲，此中也涉及一些有關琴譜流傳的問題。明代琴譜《太音大全集》云：「制譜始於雍門周」，雍門周是戰國人，琴譜在秦以前已有。一直到唐朝，用的是一種文字譜，現存最早的琴譜《碣石調・幽蘭》就是南朝末年丘明所傳的文字譜。其後唐人將文字譜簡化為減字譜，使琴譜流傳更便。到了明清兩朝，是琴譜刻印、流傳的黃金時代。《紅樓夢》第八十六回就有一段寫寶玉見黛玉在桌上看書，卻完全不懂得她所讀那本書上的字，便說：「妹妹近日越發進了，看起天書來了。」黛玉則「嗤的一聲笑道：『好個唸書的人！連個琴譜都沒見過。』」可見琴譜在讀書人之間曾是頗為普遍的書。黛玉所看的是一種減字譜，底下尚有一段寫她向寶玉解釋這種減字譜的記譜法。據近代學者統計，現存琴譜有一百四十多種，其中大部分是明清兩代刊行的。〈憶故人〉是明末清初的曲，卻不在這些刊行的琴譜裡面。

一九三四年，虞山派琴家查阜西等人在上海組織了「今虞琴社」，推動琴學，打破門戶界線，聯絡各地琴社。一九三七年刊行《今虞琴刊》，〈憶故人〉琴譜始公諸於世。原來此曲是清末民初琴家彭慶壽自幼受學於其父所傳的琴曲，由於流傳了好幾代，已無法究知作曲的人。「一九三三年，彭遊江浙，以琴會友，偶彈此曲，聽者神移。」很快成為琴壇有名的樂曲。今日各琴家錄製的琴樂專輯，不少都選有此曲。

三、餘響入霜鐘

那次音樂會，在吳先生一曲〈憶故人〉後便告結束，時為一九九一年的冬天，那是我第一次親睹琴家演奏。此後越發喜歡這種音樂，找來更多琴曲聲帶，夜中播放。聽著琴曲〈漁樵問答〉、〈憶故人〉，弦音輕淡，有時低沉。儘管外界紛擾龐雜，一天蕪亂的心情至此暫且歇下，側耳只聽古琴的節奏。它是怎樣傳下來的呢？如此微弱的聲音，好像隨時都會消失。在跡近無聲之處，曉得了它的寂寞，就像傳統戲曲、手藝、書法等等，無法挽回沉下的聲息。傳說中漢唐一路傳下來的中國，嘈嘈切切的人語，在鑼鼓聲裡沉寂下來。

如今這七弦泠然之聲，偶爾傳來幾響錚鏦的泛音，在這些微倖存的痕跡裡，聽見古老中國的聲音，倒覺得是不真實、與現世無干。可也有好幾個晚上，總要聽過琴曲才能入睡。有時課業繁忙，或因種種瑣事不能靜下，回到自己的地方，就想聽聽古琴的聲音。我想起圖冊裡的古琴，想起那場音樂會，仍記得年輕的琴聲、繽紛的琴聲、廣闊的琴聲。它從來不求媚俗式的悅耳動聽，可也不見得單單只是清風明月。對於外界紛紜眾聲，它絲毫不能、也不打算去抵抗，它原有廣闊的天地，不是外界一些狹隘的偏執、或古舊的沉重可以輕易概括。當眾人都忘記了它，它的燈依然亮著，相信它的聲音是美好的，那些美好的東西不會煙一般輕易消失。想到這裡，我不禁為它感到釋然。

茲錄李白〈聽蜀僧濬彈琴〉詩一首作結，聊表對琴的一點敬意：

蜀僧抱綠綺，西下峨眉峰。為我一揮手，如聽萬壑松。

客心洗流水，餘響入霜鐘。不覺碧山暮，秋雲暗幾重。

一九九一年十二月初稿

一九九三年十一月修改[1]

---

1 本文獲「八十二年度教育部文藝創作獎」社會組散文類佳作。相關資料參見以下網頁：https://web.arte.gov.tw/philology/Award/list_c.aspx?item=4&YY=82。

大千層幻錄

雲浮浮，樹影茫茫，虎頭山（今稱獅子山）下有相隔而隱然相接之若干小村莊、小聚落和那小小恬淡的心。據王崇熙於嘉慶二十四年編修《新安縣志》，「官富司管屬村莊」下有九龍寨、深水莆、尖沙頭、九龍仔、蒲崗村、土瓜灣等名，俱半島古村，多為清初迫使居民遷界再復界以後，粵籍、潮汕、閩人及客籍諸人南遷所建，迭經大千幻變，有存有滅，有破碎有閃耀，定神細觀，莫不似片片照眼琉璃。

一、轉動中的、新的「蒲崗」

蒲崗村乃福建莆田林氏在九龍所建，先祖本居彭蒲園（後來之大磡村一帶），復界後遷竹園，再於已荒廢的彭蒲園附近另建蒲崗村。[1]莆與蒲二字通假互借，從「蒲崗」之名可想知，南來者欲以九龍作新的家鄉，在虎頭山下一片荒廢田野山崗，重新落地生根；豈知逾百年以後，清廷交九龍予英人統治，又歷好幾十載以後，九龍遭日軍攻陷，為擴建啟德機場原始跑道以供更多軍機升降，日軍破村毀屋，大批居民被迫告別家園，百年古村，蒲崗村及附近一帶社區從此湮滅。

一九五八年，港府填海建啟德機場新跑道，原始跑道以北若干土地則重新規畫為工業及住宅用地，以該處鄰近昔日的蒲崗村，乃名之曰「新蒲崗」，這名字有紀念和延續之義，是新的蒲崗村，雖然不確定是昔日蒲崗村故地，仍可說是「蒲崗」生命的延續。然而，對歷史不了解或無從了解的人來說，「新蒲崗」只是一片新的工業及住宅用地名稱而已。

人們無從了解歷史，除了史料散佚鮮少整理，另一原因在於人們過度依賴政府提供的教育和資訊，而政府的統治本能使她不可能熱衷於傳播地方歷史，因為對政府來說，「新蒲崗」的核心意義不在於歷史，而全在於工業，是那由政府統治的社會所需要的一種生財工具，但這說法未免太赤裸裸，於是就稱為一種「發展」，實在那社會無論由怎樣的政府來統治，人們對經濟利益的追求，近乎一種都市生命存在物的生存本能，無法制止，復不忍多論。

雲浮浮，樹影茫茫，農莊變作工廠，村居化為「唐樓」，大千世界，變幻就是永恆，永恆無異於變幻，變幻進入於永恆。片片虛幻言詞，由實體生命的演進來見證：一座一座的工廠，一幢一幢的唐樓建造起來，公園、電影院甚至遊樂場也建造起來，資本和工人創造了新的「蒲崗」。位於新蒲崗以北的啟德遊樂場，一九七〇年代全盛時期的摩天輪轉到高處，可遠眺一列新建成的機場跑道；同樣，每一架飛機降落新跑道，尤當晚間，都可瞥見那發光的摩天輪：標示出一個轉動中的、新的「蒲崗」。

二、大千世界忽略的蒼老的美

一九七〇年代中，港府轄下的市政局和市政事務署定下「十年綠化市容計畫」，在港九多處廣泛植樹，曾撰《香海百詠》的舊體詩家翁一鶴，據七〇年代新聞時事再撰《香海百詠續編》，沿用「竹枝詞」呈現地方民風的形式體制，共得一百首變體七言絕詩，當中有「種樹千株影作團。百年喬木半凋殘。他時綠葉成陰後，朝市山林一例看」[2]之句，即歌詠七〇年代中的綠化市容計畫，並加以想像和期許，在翁一鶴的想像中，韶華倜儻而世事凋殘，仍願寄望，有樹的未來是樂觀的。

1 有關蒲崗村、彭蒲圍、竹園之歷史變遷，可參考張瑞威，《拆村：消逝的九龍村落》（香港：三聯書店〔香港〕，二〇一三）、蕭國健，《寨城印痕：九龍城歷史與古蹟香港》（香港：中華，二〇一五）。另參考吳佛全二〇一二年的口述歷史講述〈戰前的蒲崗村〉，載於香港記憶計畫「口述歷史檔案庫」，網址：https://www.hkmemory.hk/collections/oral_history/All_Items_OH/oha_100/records/index_cht.html#p65757。

2 翁一鶴，《香海百詠續編》（香港：翁一鶴，一九七九），頁二五。

在今天新蒲崗的康強街、衍慶街的小公園裡，各栽有幾株白千層樹，相信是舊時政府在綠化市容計畫下栽植。白千層屬桃金孃科喬木，並非香港土生樹種，而是自澳洲引入，以其粗生、耐旱、抗風，適合都市栽種，成為香港常見的綠化樹。白千層外觀特徵明顯，一般樹木恆常生長樹皮，外層樹皮剝落後，跌入泥土而消失，白千層的老樹皮卻一層一層堆積在樹的外圍，儼然成為內層新樹皮的重重保護，外圍其薄如紙的樹皮，是老卻、甚至已死的老樹皮，片片薄層常處半剝落之狀，是否香港城市生命的生成，亦略近乎此：

城市自古村、自無名的荒野中長成
煙霧圍繞香港的父輩
霧散後響現母親遺音
一層一層未全脫落的片片
大千世界忽略的蒼老的美
刻在樹上，小鳥可曾啣去？

城市自內心脫落的歌聲長成
大廈模仿輪替的音階

儲存了蒼生卻又驀然傾倒出
成為垃圾的我們
千層千層你在塵世勾勒畫像
又似城市堆疊起剝落的幻象

三、昔我往矣，千層依依

相對於九龍城的低矮古舊、啟德新發展區的高聳簇新，不高不矮的新蒲崗好像永遠停留在一種中年的感覺，各式沉默樸素小店、緩慢挪移的居民，定睛細察，盡如中年男子斑駁懶散的鬢根，看慣了變幻，卻懶於言說，或已沒什麼好說，但有何干？新蒲崗是小小的層層剝落的城、新蒲崗是小小的中年的城。

一九八〇年代中，在我讀中三至中六的一段日子，常往兩兄弟同學在新蒲崗的家，二人是我們所組樂隊成員，有時週六、日到旺角的琴行Band房練習後，會乘車到他們的家延續胡亂的彈奏，同學以電結他接通音效器，投入而激盪地亂奏Guns N' Roses、Gary Moore、安全地帶等樂人或樂團的名曲，尤其電結他間奏部分，彈到引發擴音器feedback的高音和泛音，一邊彈還一邊伸出舌頭或咬牙切齒地以自創的方式和應那電音，我則以原音鋼弦木結他為另一位擔任主音歌手的同學彈唱民謠風的夏韶聲〈交叉點〉：「命途命途滿是得失分界線每步每步都似踏進交叉點」[3]……

〈交叉點〉是一首中年人的歌，那時讀中學的我們其實未完全理解，及至歷經重重流轉，歲月間如樹皮一層又一層地剝落，毋庸咬牙切齒，已逐漸感覺不到剝落的苦楚，我們終於明白，每一處命途交叉的臨歧，我們仍以結他、以自創的亂奏去作出對錯莫辨的選擇，留下一顆顆頹唐卻仍淒美無悔的電音。

樂音與人，又似樹木與城，如那《詩經・小雅》的〈采薇〉將「昔我」與楊柳聯繫出絕美詩句：「昔我往矣，楊柳依依。今我來思，雨雪霏霏。行道遲遲，載渴載饑。我心傷悲，莫知我哀」，姚際恆《詩經通論》謂乃「戍役還歸之詩」，即軍旅結束者、生還者歸鄉所作，方玉潤《詩經原始》據姚氏之說再衍義云：「於是乃從容回憶往時之風光，楊柳方盛；此日之景象，雨雪霏微。一轉眴而時序頓殊，故不覺觸景愴懷耳。」[4]若再著眼於萬物與心的聯繫，城市和人，同樣在命途的顛沛錯落間，惜別種種象徵情志所重所依的楊柳，卻仍幸有「今我來思」，依依也好，霏霏也罷，痛感我心剝落間，總盼有萬化的感應，足可超越渴饑與哀愁，待洗盡鉛華，終照見一個大悟於「往矣」的昔我：

雲浮浮，樹影茫茫
萬化的工廠製造出香港

昔我往矣，千層依依
香港行道遲遲可無悔憾
電音錯落間可有淒清的美？

雲浮浮，樹影茫茫
小小的顛沛的中年的城
不知還有什麼好說
我們前人的生命倦極剝落了
到何處再尋覓，香港製造的美？

3〈交叉點〉（節錄），Nagabuchi Tsuyoshi（長渕剛）作曲，鄭國江填詞，夏韶聲主唱，收入夏韶聲，《I Remember……》（香港：IC Records，一九八五）。
4 方玉潤，《詩經原始》（北京：中華，一九八六），頁三四一。

卷三

文藝復刻・復刻香港

香港心之復刻

晚清至民初風格的鉛字排版，字句無斷相連，標點符號仿傚古書句讀體例，排在字句右側，倘遇短句單字，使逗號緊湊相接，每一逗號看起來更像輕俏羽翼，每一字粒同時拍翼，每一字粒活像一隻鳥，鉛字挪移，舊書復現，我好像目睹一整個時代的離合。

文化復刻每與亂世書史的抒情相涉，時代愈亂，愈顯出復刻文化的可貴，如果年分也可以復刻，你會否復刻二〇一八？二〇一八發生什麼事？二〇一八年，曾作為《帝女花》錄音現場的基督教佑寧堂被拆卸；二〇一八年，鍾玲玲的重寫版《玫瑰念珠／二〇一八》附於《字花》七四期出版；二〇一八年，一封來自荷蘭的電子郵件，開啟了「香港字」復刻事件的序幕；二〇一八年，你是否曾預見，香港的一場復刻？

市民聚集，市民起鬨，香港把爐火燒得通紅，鐵輪轉動，為市民重鑄出一顆文藝，城市好幾代人的歷史，深深刻印在書頁，文字乘坐列車、文字流過肌膚，往心間稍遊蕩一會，比我們更早經歷了人間的聚散。輕翻書頁，我們認真觸摸文字的點橫撇捺，如同觸摸情人的一項神祕練習，如果我閱讀得夠多，命途間翻滾出幾番歷煉，文藝將為我現出深藏的真實，但還不是那純美文藝的全部，我耐心諦聽，遠山有文字呼喚，好像實現了對話。

前人在講壇上吐煙，呼出大小不同的煙圈，烘托文藝風範，幾縷莫名意念散入這時代，引我飄進雲端，清楚看見刻在大地上的居所。文藝無形而有靈，如風來去，如電滅現，倘你也從模糊中淡入，從年華蛻變中淡出，留下文字在宇宙間刻錄成軌道，轉呵轉地忘懷了時代，總不枉一場幻影明滅般文藝人生。

一、復刻的原音

磁粒抓住了音符，耳朵乘坐唱針在軌道上起伏，高速旋轉的鏡面被一束鐳射光反射出幻彩光譜，教聽者著魔一般忘我，墮入數字織出的網。“Yesterday Once More”（往日復現）、“Sound of Silence”（靜寂之聲）、“Blowing in the Wind”（在風中飄盪）、〈残り火〉（餘燼）、〈ワインレッドの心〉（酒紅色的心）、〈等著你回來〉、〈鐵塔凌雲〉、〈恰似你的溫柔〉，一首一首原於昔日電台、電視和唱機聽到的歌，一一遷徙到電腦播放列表裡循環，聽一遍再聽一遍，彷彿真的使往日復現了，舊歌呼喚出舊情，舊情不再但舊曲永久，人面不復但情懷依舊。

每句說話、每闋晨鳥清歌必自然流逝，為留下它，人們以黑膠唱片、磁帶、鐳射光碟等形質，刻錄聲音成為軌道、磁粒或光譜、數字，儲存必然消逝的聲音。當原初軌道刮損、磁粒剝落、光譜破亂，使聲音變形失真，人們感到當中有遺憾：痛惜歲月情懷失落、不忍年華容貌凋零，人們為了尋回原初的真，仿傚古書「覆刻」的概念，以「復刻」為名，據原初的母片磁帶或軌道，重鑄出心中原質、一種聲音本真、一份未變情懷、一霎復現年華。

唱片的復刻有時單純地為了重現原聲，有時具呼喚、召喚逝者的心意，原音重現回憶，為要追尋舊日音韻，聽它如何保留時代氣氛，感知此世多消逝，而力圖在聲音中留住本真。所以復刻是還原也是重建，想像中的音韻原質、時代文化的本真。

二十世紀一九九〇年代中，鐳射唱片發展到一個階段，意識到光譜或數字形質的錄音較持久、雜音少而便捷，卻失去很多軌道或磁粒中的原音層次，加以九〇年代西方社會興起的懷舊文化潮，催使歐美樂人和唱片公司整理絕版錄音，取母盤磁帶，配合舊黑膠唱片封套的還原式印刷，重新製作為鐳射光碟，名為Remastered CD，日本唱片公司把Remaster譯為「復刻」，或同時以片假名標示為「リマスター」，復現舊錄音的鐳射光碟稱為「復刻盤」。

至二〇〇〇年代初，更多以復刻為名的鐳射光碟面世，不論是歐美的Sepia Records、RCA Records，或日本的Grand Slam、Opus、キングレコード（KING RECORDS）、Vap等公

司的復刻唱片製品，當中許多都全面模仿黑膠唱片的外觀，有些光碟刻意選用黑色材質，底部是黑色，連光碟面也印上黑色坑紋，圓孔外貼上仿照原版黑膠的曲目標貼，封套更是依足原版的硬紙封套外觀印刷，並包含原版的歌詞內頁以至海報。差不多同時，華語唱片界亦引進此類形式的復刻製作，包括百代唱片（EMI）的「經典復刻系列」、滾石唱片的「時代經典復刻系列」、華納唱片的「金唱片復刻王」、新力唱片（Sony CBS）的「珍值復刻經典系列」、環球唱片（包含寶麗多、寶麗金、新藝寶及寶藝星）的「復黑〔刻〕王」等等。

不論是歐美、日本或華語唱片界的復刻製作，絕大部分都極力還原黑膠唱片的原初外觀，使買者得到一種重獲原版黑膠的錯覺，以及由此帶來的滿足感。至於音質，要視乎製作者的錄製技藝以及所選取的制式，是採用較原始的模擬錄音母帶（Analog Master Tape）、捲盤磁帶（Reel-to-Reel Tape），或後起的數位母帶（Digital Audio Tape），或是黑膠唱片轉錄，還是其他。音質很重要但並非所有樂迷購買復刻版鐳射光碟的唯一考慮，因為唱片復刻真正提供的是錯覺和想像：一種縮小版的黑膠、一種失去後重新擁有原初本真的錯覺。

唱片復刻不單是商品，真正意義在於召喚原初的真，重現原音，也重現記憶和情感。我收藏中最具召喚質感的復刻，是二〇〇六年的《帝女花五十週年紀念版》，紀念經典粵劇《帝女花》的誕生，由一九六〇年製作錄音的娛樂唱片公司，第二代主事者劉家富籌劃，據模擬錄音母帶製成DVD-Audio鐳射唱片，高規格地還原當年在香港堅尼地道22號A一座基督教堂，佑寧堂內的原始錄音，重現任劍輝、白雪仙、靚次伯、梁醒波和一眾「仙鳳鳴劇團」樂師的現場錄音原質。唱片附錄的書冊刊載一幀基督教佑寧堂照片，可見其高曠的拱形天花空間，就是這靈性空間使樂音形成自然迴環效果，所構築的遼闊音場，是一切電子器材都無法與之相比，細聽可見歌者在粵劇唱白之間因投入曲詞內容而流露的呼吸、輕嘆和哽咽之聲，以至隱約的教堂外的自然環境雜音，主事者有意一一還原、保留原初的聲音，以近乎重現歷史文獻的方式，重現一九六〇年任白在佑寧堂錄製《帝女花》之時刻，然而，這仍不是那復刻意義的全部。

《帝女花五十週年紀念版》在二〇〇六年出版，十二年後的二〇一八年，即使社會輿論反對清拆、即使佑寧堂曾被確立為三級歷史建築，地產商的「發展」魔力彷彿所向無敵，位處山頂纜車橋下左側的堅尼地道佑寧堂終於被拆卸，他們要在教堂原址興建十七層高的豪宅大樓！而前此數年，以出版粵曲唱片及電視劇主題曲唱片著名的娛樂唱片公司，二〇一一年被法庭下令清盤，成立逾五十年的唱片公司於焉結業，大批《帝女花五十週年紀念版》及該公司出品的其他唱片，一度散落香港島及九龍區多家俗稱「夜冷店」的二手舊貨場。

在《帝女花》〈上表〉一幕，周世顯登清室大殿，面對清帝，世顯從容而慷慨地吟出短句：「六代繁華三日散，一杯心血字七行」，其後長平公主也上殿，向一眾前朝舊臣唱出一句「滾花」：「你地莫戀新朝棄舊朝，我再哭鳳臺聲響亮」，至最終的〈香夭〉一幕，周世顯與長平公主交拜對唱，世顯歎息吟唱：「江山悲災劫　感先帝恩千丈　與妻雙雙叩問帝安」，長平公主悲歌：「唉盼得花燭共偕白髮　誰個願看花燭翻血浪」，周世顯收斂哀傷，以深情唱出：「將柳蔭當做芙蓉帳　明朝駙馬看新娘　夜半挑燈有心作窺妝」，這時音聲在教堂迴環，莫非三百多年後，周世顯與長平公主要在基督教堂再結誓盟？

一聲聲有情義有抗爭的明末遺事，教堂肅穆的空氣也動容，「百花冠替代殮妝」、「駙馬珈墳墓收藏」，管風琴替代了鑼鼓聲，硝煙熄退墓穴破，夫妻交拜如同一對靈魂重生，我願參加少年詩班佇立台側，獻唱分成四聲部的聖詩；然而「江山悲災劫」、「誰個願看花燭翻血浪」之聲一再迴盪，懼怖縈繞往復，時代衝擊信念，二〇〇六年據模擬母帶錄製的復刻光碟，保留一九六〇年的原音，也彷彿是為了六十年後、徬徨在二〇二〇年代的我們，要記著香港曾有一處空靈明淨的空間，迴響著一對粵劇鴛侶在時代交替中的慷慨悲歌。

二、亂世書史的抒情

唱片業的「復刻」一詞，應是源自古籍版本學上的「覆刻」、「翻刻」、「影刻」的概念，嚴文郁《中國書籍簡史》「版本名稱釋例」一節對以上概念近似的三者有扼要說明，古籍「覆刻本」是指「據原版影摹上版開雕與原版無異稱覆刻。據宋刻者曰『覆宋』，據元刻者曰『覆元』」；「翻刻本」是指「根據原板重刻刷印的書，其行款，內容未必與原書無異」[1]；

「影刻」又稱「景印」、「景刻」、「景刊」，是在「覆刻」的基礎上，更嚴格地要求與原版一致，薛冰《版本雜談》另有細節引介：

如果寫手採取影抄的辦法，即以薄紙蒙在底本上描摹，自然能更逼真地反映底本的面貌，是為影刻本，古人多稱為景刻、景刊；如果直接以底本書頁貼版付刻，則為覆刻本。（中略）覆刻的方法，多用於需要大量複本而底本不甚珍貴的情況；只有影刻，底本通常都是較珍罕的宋本，或明代早期版本，而複製的效果又好。所以，真正被讀書、藏書界所重視的，還是影刻本，而將上乘的仿刻本和底本較佳的覆刻本，都歸於此項內。[2]

可見「覆刻」和「影刻」都特別講究與原版一切用字、版式一致，使已絕版或年代久遠的珍貴舊版，得以其原貌重新流傳人間。覆刻本的價值當然遠不及原版，尤其如果原版得見，覆刻本從不入藏書家法眼，相關著錄若提及覆刻本，一般帶貶義或至少是次等的，潘景

1 嚴文郁，《中國書籍簡史》（台北：臺灣商務印書館，一九九二），頁二六九。
2 薛冰，《版本雜談》（濟南：山東畫報，二〇〇九），頁六三。

鄭《著硯樓書跋》「明覆宋本名臣碑傳琬琰集」條目下著錄宋人所著之《名臣碑傳琬琰集》提到：「惜其書流傳藏家，沿稱宋槧，就余目睹，未敢置信，實皆明代覆本而已」[3]，潘景鄭有感當時流傳之《名臣碑傳琬琰集》只是明代覆刻本而不是原來的宋版，「實皆明代覆本而已」一語暗示他的版本識別眼光，也道出惋惜，但另一方面也見明代覆刻的《名臣碑傳琬琰集》與原來之宋版甚似，使一般藏書家亦對其「沿稱宋槧」。

覆刻本的價值，本在於舊版原貌之流傳，但在時代離亂中，覆刻本往往生出別的意義，潘景鄭在「明覆宋本名臣碑傳琬琰集」條目下繼續提到：「洎後涵芬樓蓄意影印，經亂中輟。吾家舊藏二本，其一殘蠹過半，然天壤間僅存三五，已如景星慶雲，光耀宇宙，能不以寶玉大弓並視耶」[4]，是指上海商務印書館編譯所曾以「涵芬樓」名義覆刻影印《名臣碑傳琬琰集》三集共一百零七卷，但一九三二年上海遭遇「一二八事變」，商務印書館毀於日軍砲火，大批涵芬樓藏書付諸一炬，《名臣碑傳琬琰集》之影印未竟全工，潘景鄭亦只藏得二冊，然而「天壤間僅存三五，已如景星慶雲，光耀宇宙」，正突顯覆刻本的時代意義。潘景鄭於「明覆宋本名臣碑傳琬琰集」條目之末署日期「戊寅九月十六日」，即公元一九三八年十一月七日，其時上海除租界以外地區全落入日軍控制，進入「孤島時期」已近一週年，潘景鄭時居上海，他對「明覆宋本名臣碑傳琬琰集」的著錄不只識別版本，更道出覆刻本從藏書家眼中的次等位置，因歷時代離亂而衍生「景星慶雲，光耀宇宙」的價值，並同時表達了一種憂患抒情浩歎。

這樣的故事並非單一孤立，鄭振鐸〈復鐫十竹齋箋譜跋〉記載明版《十竹齋箋譜》的重刻：「印者乃對照原本，逐色套印，淺深濃淡之間，毋苟毋忽，雖一絲一葉之微，罔不目注手追，惟恐失樣，用力之重輕，點色之慢急，意匠經營有逾畫家。印成，持較原作，幾可亂真，余乃信其必有成矣。」[5]鄭振鐸細言重刻過程之艱辛，為要重現原貌，託榮寶齋師傅據明版的「餖版」和「拱花」技術復刻，但其意義同樣不完全在於復原，他更詳細寫出一段亂世故事：

然第二冊付鐫後，工未及半，燕雲變色，隅卿講學北大，猝死於講壇之上，余亦匆匆南下，以困於資，無復以餘力及此，鐫工幾致中輟。時時以是為言者，惟魯迅先生一人耳，迨第二冊印成，先生竟亦不及見矣。其後孝慈又故，遺書散出，此書幸歸北平圖書館，可期永存。良友云亡，啟余無人，日處窮鄉，心力俱瘁，竟無意于續鐫矣。故都

3 潘景鄭，《著硯樓書跋》（上海：古典文學，一九五七），頁八三。
4 同前注。
5 鄭振鐸，《西諦書話》下冊（北京：生活・讀書・新知三聯書店，一九八三），頁五〇九－一〇。

淪陷後，北望煙雲，彌增淒感，原書何在，尚不可知，遑問其他。又逾年，忽發大願，輯印中國版畫史，必欲遂成諸亡友之志，擬續鐫箋譜，收入畫史圖錄之中，姑馳書斐雲，詢其蹤跡，不意歷劫竟存，且得斐雲之助，第三冊繼付剞劂；迄今一載又半，全書畢工，微斐雲之力不及此，固不只余之私衷感荷無既也。嗚呼，此書雖微，亦嘗飽經世變，備歷存歿之故矣！[6]

鄭振鐸於文末署「一九四一年六月二十六日」，明版《十竹齋箋譜》的重刻從一九三四年開始，歷經離亂播遷，至一九四一年才得竟全工，然參與其事的故人馬廉（隅卿）、魯迅、王孝慈七年間相繼辭世，時代喪亂，人事播遷，鄭振鐸不禁喟然：「嗚呼，此書雖微，亦嘗飽經世變，備歷存歿之故」，彷彿一段亂世書史的抒情，道出「復刻」的繼絕意義，亦見當中的舊物、舊情，時代愈亂，愈是彌足可珍。

三、復刻的樂園鳥

舊物染織了文化，這樣的復刻是繼絕，唯當舊物牽引情志，舊情未能忘懷，這樣的復刻也是抒情。《世說新語》「傷逝」篇有言：「聖人忘情，最下不及情，情之所鍾，正在我輩」；舊書和舊唱片也許正是「忘情」與「不及情」其間中介之物，驅使我輩往復留連。舊書、舊唱片的覆刻、復刻，故事甚多，在我輩心中，幾乎是說不完的。

一九七〇年代香港有過一段翻印五四時期至三、四〇年代文學書刊的熱潮，當時中國正值文化大革命，許多作家尤其具外國留學經歷或作品曾傾向於現代派風格，都被批判為「反動」、「反革命」，遭遇不同程度的「批鬥」，封筆已久；海峽對岸，戒嚴時期的台灣，亦對三、四〇年代文學書刊諸多違禁避忌；另一方面自六〇年代司馬長風、李輝英、劉以鬯、黃俊東、黃繼持等作家、學人在報刊發表現代文學評介文章，姚克、李輝英、徐訏亦先後在大學推動或開設現代文學課程，都在文化教育界種下新文學書刊的閱讀潮，再加上海外歐美學界機構向香港蒐購中國新文學書刊，以上諸因素催使的「市場」和「需求」既成，香港書商乃據舊籍作為「書種」、「樣書」翻印，一般是內頁影印，而封面另造，並於封底、封面或內頁加上翻印者名號；印刷、用紙和釘裝的水準參差，主要是從翻印、翻版以廣流通的概念進行，而未有版權或保存文獻之念。

至一九八〇年代，這些翻印版、重印本的三、四〇年代現代文學書籍，仍常見於舊書店書架，索價甚廉，我很感謝這些書在我讀中學時代，呼喚我觸摸一個一個舊時代名字，如今在我書架珍藏一角，可撿出以下這些：

6　鄭振鐸，《西諦書話》下冊（北京：生活・讀書・新知三聯書店，一九八三），頁五一〇。

周作人，《澤瀉集》（北平：北新書局，一九二七）。（香港匯文閣書店重印本）
沈從文，《蜜柑》（上海：新月書店，一九二七）。（香港創作書社重印本）
梁宗岱，《晚禱》（上海：商務印書館，一九三三）。（香港創作書社重印本）
戴望舒，《望舒草》（上海：復興書局，一九三六）。（香港創作書社重印本）
陸蠡，《竹刀》（上海：文化生活，一九三七）。（香港神州圖書公司重印本）
何其芳，《還鄉日記》（上海：良友，一九三九）。（香港未名書屋重印本）
朱湘，《朱湘隨筆》（上海：三通書局，一九四〇）。（香港大地出版社重印本）
袁水拍，《人民》（香港：新詩社，一九四〇）。（香港神州圖書公司重印本）
沈從文，《新與舊》（上海：良友圖書公司，一九四四）。（香港東方學出版社重印本）
蕭紅，《曠野的呼喊》（上海：上海雜誌，一九四六）。（香港創作書社重印本）
臧克家，《泥土的歌》（上海：星群，一九四六）。（九龍新亞書店重印本）
馮至，《山水》（上海：文化生活出版社，一九四七）。（九龍文心書店重印本）
杭約赫，《復活的土地》（上海：森林，一九四九）。（香港創作書社重印本）
何其芳，《西苑集》（北京：人民文學，一九五二）。（香港未名書屋重印本）

他們都以有限條件，為我重現了一段舊時代風範。晚清至民初風格的鉛字排版，正文直排，字句無斷相連，標點符號仿傚古書句讀體例，排在字句右側，很難用這時代的電腦排版顯示，同一文字，也許因為視覺有不同，讀起來的感覺竟不太一樣：

「飛著，飛著，春，夏，秋，冬，
晝，夜，沒有休止，
華羽的樂園鳥，」（節錄自戴望舒，〈樂園鳥〉）[7]

原書直排在字右的七、八個逗號，緊湊無斷相接，視覺上與同樣無斷相連的詩句並列，使這組鉛字不經意地排成了類近於「圖像詩」的效果，每一逗號看起來更像輕俏的羽翼，每一字粒同時拍翼，每一字粒活像一隻鳥，遍歷時代的翻印復刻，戴望舒筆下的樂園鳥，飛呵飛呵地飛到我手，輕翻一頁，鉛字挪移，舊書復現，我好像目睹一整個時代的離合。

一九七〇年代香港書店的新文學書刊翻印本，補充時代的缺失和匱乏，延續斷絕的文學聲音，其意義不只於翻印；當然在形制上，該種翻印本以低成本復現舊物，其形制未達完整的「復刻」規格，它接近於復刻但未具當今時代的復刻概念，是「翻印本」、「重印本」而

7 戴望舒，《望舒草》（上海：復興書局，一九三六）（香港創作書社翻印本），頁一〇八。

未能稱「復刻本」，它的運作未顧及知識產權保護，基本上是帶有貶義的翻版行為，清人葉德輝《書林清話》「翻板有例禁始於宋人」、「坊估宋元刻之作偽」等條已批評過明清書商的翻版以至作偽行為，[8]唐弢也在〈翻版書〉一文痛批五四以來雜亂無度的翻版書有礙嚴謹治學，但在〈《子夜》翻印版〉一文卻對茅盾《子夜》的翻版另眼相看，該《子夜》翻印本不單明言自己是翻版，且針對一九三四年上海政府對《子夜》的查禁，罪名包括「譏刺本黨」、「描寫工潮」等，致原版必須大幅刪減內容始能重印出版，於是書商特地搜求未遭刪削的原版，甘冒文網之大不韙，重新翻印使之以原貌流通，[9]這樣具抗衡意義的翻版，與一般透過作偽以牟利的翻版不能相提並論。

一九五、六〇年代，台灣出版商也翻印許多四九年以前的書以廣流通，但都不便列出當時仍留在中國大陸的作家名字。一九九〇年代初我負笈台灣，仍可在舊書店買到這種沒有作者名字的翻版書，我保存至今的包括《鳥與文學》，臺灣開明書店一九六八年臺一版，版權頁的「編著者」一欄列「本社編輯部」，封面、書脊和扉頁皆無作者名。這書是科普作家賈祖璋所著，該書店實際上是據一九三一年上海開明書店的原版復刻，只是挖走了封面、書脊和扉頁原有的作者名字。另有《談美》、《詩論》和《藝術趣味》三書，情況同出一轍。

賈祖璋《鳥與文學》、朱光潛《談美》和《詩論》、豐子愷《藝術趣味》這四書，都因作者身在中國大陸，出版社「復刻」時避免觸犯禁忌，而把「編著者」、「著作者」改為

「本社編輯部」或該書店的名字。我不視這些書的無作者名為缺失或缺憾，因了解當中的時代脈絡，一九五、六〇年代台灣書店以不得已方式讓當時的禁書得以流通，可稱為一種「無名復刻」，在我珍藏的書架上，沒有作者名字的《鳥與文學》、《談美》、《詩論》與《藝術趣味》這四書，閃爍著無名而實有名的光芒。

所以無論翻版、重印或復刻，除了從形制和印刷出版角度衡量，其間的時代脈絡意義也十分關鍵。一九八三年至八八年間，上海書店陸續出版「中國現代文學史參考資料」叢書，有的單售，有的曾分別以「文學研究會」、「創造社」、「新月派」、「現代派」等名目標示，作為類別系列；每本書都有摺頁封套以簡體字標示作者、書名及「中國現代文學史參考資料」字樣，摺頁封底有「複印說明」，簡介原書內容，列明是「依原樣複印」，待揭走外加的摺頁封套，就是原書的完整呈現，包括原書的封面、書脊、封底、每面內頁文字以至原書版權頁，悉照原貌影印，有的本具插圖，亦如實呈現。這套書沒有使用「復刻」一詞，但其規格已合乎當今的「復刻」概念。

上海書店的「中國現代文學史參考資料」著眼於原始文學史料的普及，尊重文獻原貌、

---

8 參考葉德輝，《書林清話》（北京：中華，一九八七），頁三六－四二；二六四－六六。

9 參考唐弢，《晦庵書話》（北京：生活・讀書・新知三聯書店，一九八三），頁六七－七二。

歷史原樣的實際認知，可能針對前一時代即文革時期的扭曲和政治批判，有意向當時讀者呈現民國時期新文學書籍的原貌，這樣的「復刻」，具還原文學史的觀念意義。

另一種新文學書籍的復刻，二〇〇四至二〇〇五年期間，百花文藝出版社的「現代文學名著原版珍藏」系列叢書，同樣以外加的摺頁封套，包裹依原樣複印的新文學書籍，但在摺頁封面另加兩張延伸頁，以簡體字標示版權資料，延伸頁邊緣有一直行文字：「沿此綫裁開您將獲得一本中國現代名著原版圖書」；這叢書在外加的封套外，有如前述的上海書店「中國現代文學史參考資料」，同樣如實呈現了原書面貌，但其「復刻」觀念有點不同，百花文藝出版社的「現代文學名著原版珍藏」真正著眼的是收藏、消費，呼應二〇〇〇年代的懷舊文化、古舊書刊收藏文化，這樣的「復刻」更強調消費行為。

二〇一〇年代以來的香港，再有另一種「復刻」，二〇一四年香港商務印書館復刻一九三八年的《香港指南》和一九三九年的《香港漢文讀本》，二〇一五年再復刻出版一九四〇年的《香港地理》；二〇二〇年通用圖書公司復刻該公司最早出版的香港街道地圖，即一九七七年版的《香港街道地方指南》，他們都嚴謹地據原書本來形制重印，這些書不單在重現原貌的功能上合乎復刻規格，而且在其出版說明中，共同使用了「復刻」一詞，可見出版社都有意識地，自覺到所製作的是一本「復刻」書籍，它呼應的是消逝年代，意識到二〇〇〇年代以來全球化帶來的有機社群解體，這樣的「復刻」強調的是歷史記憶的「復魅」。

四、《玫瑰念珠》重寫事件

在二〇一三年出版的《地文誌：追憶香港地方與文學》，〈旗幟的倒影：調景嶺一九五〇－一九九六〉一章，我有以下記述：

我第一次見到鍾玲玲的長篇小說《玫瑰念珠》一書，在旺角洪葉書店，時維一九九七年四、五月間，香港瀰漫著回歸前夕沸沸揚揚又有點不安的氣氛，《玫瑰念珠》素淡淨色的封面只有「玫瑰念珠　鍾玲玲」七字，書脊和封底盡皆空白，除了封面紙張本身的底色外，別無其他圖案或顏色，相對那回歸前的氣氛，彷彿是一種反襯。

我第二次見到這本書，已是二〇〇二年底，東岸書店結業前，忽然堆放之前未見的數十冊《玫瑰念珠》。其後，此書絕跡書肆，評論界亦鮮見提及。我們的回歸故事，不也如此湮沒。[10]

---

10 陳智德，《地文誌：追憶香港地方與文學》（台北：聯經，二〇一三），頁一五二。

值得追述的是，我第三次見到《玫瑰念珠》，是二〇一八年，正式來說不是見到原書或再版，而是作者鍾玲玲的重寫版，《玫瑰念珠／二〇一八》，獨立一冊九十一頁的小書，附於《字花》七四期（二〇一八年七月），共分四章，引子〈A君的來信〉以第一人稱角度沉思寫作，〈愛菲愛上帝愛到死〉對應原書的〈學習年代Ⅰ〉，重寫原書中的兒女故事，〈那深深的腥紅〉對應原書的〈玫瑰念珠Ⅱ〉，重寫一段父母故事，在其離散經歷中，同樣有調景嶺和九龍城的故事，末章的〈無所屬無所屬的玫瑰〉對應原書的〈顏色風琴Ⅲ〉，重寫敘述者本身的故事，呼應引子〈A君的來信〉的文學思考，也呼應全書的時代離散、中老年終極之思。

但為什麼是二〇一八？不過是重寫版完整面世之年，在〈A君的來信〉的末尾，作者署寫作年分是「二〇一六年二月」，結尾前作者說：「重寫就是嘗試趨近的意思」[11]，而在篇章的後半段，如此指涉那重寫：

> 我願意重新開始不是由於我相信開始總是可能的，而是這個一切都結束了的現在，讓我深深知覺到必須重新開始。並且在全神貫注的傾聽中，有個指示性的聲音說著，你應該抵抗。就像是你應該寫作或思考那樣。[12]

可以如此理解，如同一次宗教性的默示，《玫瑰念珠》的重寫始於二〇一六年，完成於二〇一八年，重寫就是重新開始，是出於「你應該抵抗」的呼喚，來自一把「指示性的聲音」，那麼重寫也是抗衡，作者以重寫方式復刻了《玫瑰念珠》，在《玫瑰念珠》面世二十週年的前後，作者處於另一中老年交界轉折的臨界點，復刻前作，也復刻自己的文學生命。

二〇一八年距今三、四年，但感覺上似更遙遠，這三、四年發生了什麼事？復刻二〇一八，你是否願意？「我要說的事無疑是說得太晚了。確實是說得太晚了。你曉得太晚的意思嗎？」[13]鍾玲玲連續寫了三次「太晚」，也許較年輕的讀者確實不太了解何謂「太晚」，但所有中老年讀者都完全明白，尤其比我年長的，自《我的燦爛》、《我不燦爛》、《解咒的人》、《愛人》、《愛蓮說》以來甚至《盤古》、《七〇年代》、《素葉文學》、《大拇指》、《明報週刊》以來的鍾玲玲資深讀者，必然曉得她所指的「太晚」。

也會明白二〇一八是什麼嗎？二〇一八無何有，二〇一八是不是也太晚了？我明白你的意思但沒有人明白我的意思。在那逝去的二〇一八，香港荒廢得太久。「逝去的時光也是

11　鍾玲玲，《玫瑰念珠／二〇一八》（香港：水煮魚文化，二〇一八），頁一五。
12　同前注，頁一三。
13　同前注，頁七三。

荒廢的時光」[14]，那麼逝去了的二〇一八也就是荒廢了的二〇一八？我們在乎的是房屋、個人、家庭還是香港？房屋不在了個人還可以存在，或家庭不在了房屋還可以存在，但是香港呢？

香港說過什麼語言？我想再唱一次香港唱過的歌，再看一次香港拍過的電影，是的，你知道，還有香港創造過的文學，就在那傾斜微彎的書架、破裂蒙塵的紙袋，載滿前人創辦的《人人文學》、《文壇》、《大學生活》、《秋螢》、《破土》、《素葉文學》、《大拇指》、《突破》、《越界》，我半生苦苦蒐集、視為珍寶的舊刊，尤其銘感《大拇指》和《突破》在我小六至初中時期帶來的啟發，以及溫暖的引導。《人人文學》和《文壇》等刊是一九九〇年代中期在舊書店覓得，《秋螢》和《越界》是高中至大學時期的讀物，幾本《大拇指》和《突破》更收藏了近四十年，現在已殘破形同廢紙，連同幾本我參與過編輯的《呼吸》、《詩潮》，同是已荒蕪的時光，更顯散亂而沉重；在此轉折時刻，我掙扎著是否應該狠心地，把他們放入垃圾袋。同是與世界隔閡的自己，好像背負一個行囊，直至我默念每一頁文字，一次又一次把他們背誦，讓夢魂查驗，我是否背誦正確，如果正確，我就可以在生命手冊的課業記錄欄上，得到一個印記，我繼續努力儲存足夠的印記，有一天就可以到便利店換取一個可重回的年分，我可以選擇，是二〇一八、二〇一六，或其他夢寐中的年分。

「但當我靠近事物時事物便離散了」[15]，不容易的，年華如字粒碎散，二〇一八不讓我靠近，香港可望而不可即，我願意了解香港的一切，它的夢記錄在《帝女花》、〈風繼續吹〉，也刻印在《窮巷》、《對倒》、《我城》和《剪紙》，還有許多散落在《人人文學》、《文壇》、《大學生活》、《秋螢》、《破土》、《素葉文學》、《大拇指》、《突破》、《越界》、《呼吸》、《詩潮》，我一頁一頁的閱讀，「只要我再靠近一點點只要我再靠近一點點」[16]，我終於靠近了香港，但當我靠近香港時香港便離散了，二〇一八，你了解嗎？「禁忌史與隱閉史中離經叛道的隱私是對幸福體驗的無限依戀」[17]，我知道你的意思但沒有人知道我的意思。

「現在你已經知道我要訴說的是什麼了。就彷彿不存在於任何一處的某物和存在於某處的無物是如此迷人地交織在一起，像古老傳說中不完全的微光，肯定還有些什麼在閃爍」[18]，香港肯定還有些什麼在閃爍，在一九八七年的學校教室外露天走廊，我和幾個同班同學想像十年後的世界，若走到那迷茫的一九九七盡處，我們還是好同學嗎？到了一九九七，我們在學校的所學所思將以怎樣方式存留？我們會變成怎樣的人？或怎樣世界的哪一部分？我想向你

14 同前注。
15 同前注，頁七四。
16 同前注。
17 同前注。
18 同前注。

求教，但你說現在還不能告訴我，一定要等到一九九七嗎？你撫慰惘然的我說，如果我閱讀得夠多，我會很快曉得而不必一定等到一九九七。

我們想像十年後的世界，帶著迷茫，每個人都憑欄望向馬路，這課室外走廊望出去的世界，毫不夢幻，沒有田野，沒有童話故事，沒有魔法，只有午後塞車群中緩慢蟻行的咒語，充塞解不清的三角幾何、理不盡的英語時態、背不完的歷史大事，在這一九八七年，九七倒數前十年，我們不如數算眼前這走廊外一輛一輛行走的車，在即將變動的世態中暫停或轉一個彎，它們如此輾轉來回，是〈歸去來辭〉中「撫孤松而盤桓」的歸人，還是〈登樓賦〉中那行而未息的征夫？何妨載一載似懂非懂的我們，背負髒舊不願洗的書包，再駛向十年後的世界。

「在那兒，曾經在那兒，在那兒彷彿什麼都沒有發生，但確實有些什麼發生了」[19]，什麼都沒有發生，一九九七，或二〇〇三、二〇一四、二〇一九，真的什麼都沒有發生嗎？我想念曾一起想像一九九七世界的同學們、到高山劇場聽音樂會的同學們、在啟德機場出境禁區前依依話別的同學們，然而……

說出你們每個人的名字之先
回憶總被喧聲打斷

人們起哄但起哄些什麼呢
人們歌唱但歌唱些什麼呢
你要我告訴你十年後的世界
卻不知回到當日憑欄的位置
你們會否從各自歸來的異鄉
再駛向下一個十年的世界？[20]

學校已改建，完全換了另一副模樣，我們的臉容也是，我們曾經想像的一九九七，歷經煙花和硝煙，還原為一種想像，塵歸塵，土歸土。我的近視混合老花眼讀到《玫瑰念珠／二〇一八》終末前的三頁，字句已很朦朧了，「他們在書店相遇，是好幾年前事。她剛轉背，便看見了」，「劉瀾必須一步一地、非常謹慎地離開，否則就會摔倒在書店的地板上。林逾靜仍然記得劉瀾當年說過的話」[21]，我認得，是《愛人》一書中的劉瀾和林逾靜，二人仍有

19 同前注。
20 陳滅，〈十年後的世界〉（節錄），《單聲道》，頁二〇一二一。
21 鍾玲玲，《玫瑰念珠／二〇一八》，頁八九。

抽煙嗎？「有一股東西湧上她的喉嚨。她幾乎不知道那是什麼」，讀到這頁我有點想吐，某年某月的某一天，就像一頁，翻過的小說，難以開口道再見，不應如此喝威士忌的。

鍾玲玲在《玫瑰念珠》重寫的終末，也回顧舊作《我的燦爛》中的詩句、《愛蓮說》的人物蓮生和齊正、《愛人》的人物劉瀾和林逾靜，這樣的重寫是回顧也是一種復刻，復刻舊作中的人物生命，重寫或另創情懷。所以，我們可否，重寫香港？「像古老傳說中不完全的微光，肯定還有些什麼在閃爍」[22]，哪怕香港換了另一副模樣，我們的臉容也增添了軌跡，香港肯定，肯定還有些什麼在閃爍；我們可否透過文化復刻，復刻出一個香港？復刻香港的一生，前人的路途，我們自己的生命。

五、「香港字」復刻事件

復刻香港的途徑之一，是復刻「香港字」，二〇二〇年，發生了尚未呈現全部意義的「香港字」復刻事件。什麼是「香港字」？有人或會與電腦中文字體中，稱為「香港字」的廣府話電腦字型混淆，實際上，實體書刊中的「香港字」具更早淵源，清末民初徐珂編撰的《清稗類鈔》最早提及「香港字」的來歷：

> 高宗稽古右文。嘗從侍郎金簡之請。令於武英殿校刊古今書籍。曰聚珍板。乃棗木所

製也。旋又有泥字。瓦字。錫字。銅字各種之製作。及海禁既開。西洋輸入鉛製活字及機器印書之法。始由香港教會製我國字。專為排印教會書籍之用。時稱香港字。其分寸若今之四號字。未幾。而日本推廣大小鉛字七種。以供我國印書之用。謂之明朝字。人咸便之。活字印書之業乃大盛。[23]

徐珂所記，是指清末外國傳教士來華，引入鉛製活字及機器印書之法，他們首先在香港鑄造中文活字，用以印製聖經、字典，時人稱該種鉛製中文活字為「香港字」，即晚清時期，人們首次接觸中文活字之時，已有「香港字」之稱。

徐珂未提及的是，「香港字」曾大量生產，清廷的總理各國事務衙門、上海道台等機關亦曾購置，而在香港來說，「香港字」的出現，更促成了中文報業的發興，林友蘭在其報業史經典著述，《香港報業發展史》的開篇第一章第一段即提到「香港字」與中文報業的關係：

22 同前注。
23 徐珂，《清稗類鈔・第三十一冊》（上海：商務印書館，一九一六），頁一四一－一四二。

近代中文報業，起源於香港。晚清咸同之世（公元一八五一年至一八七四年），外國傳教士已開始在香港鑄造活體中文鉛字，有了中文鉛字，近代中文報業和出版業，才得逐步發展起來。中文鉛字初期亦有「香港字」之稱。[24]

香港是近代華文報刊的發源地，也是近代華文新式活版印刷的發源地之一。林友蘭指出外國傳教士在香港鑄造活體中文鉛字，即「香港字」的初創事件，是香港中文報業發展的先決因素；除了外國傳教士，實際上從「香港字」引入中文報業發展的關鍵人物，還有王韜與黃勝。

在香港開埠初年，傳教士兼漢學家理雅各（James Legge）將原於馬六甲開設的英華書院連同該校自設的印刷所遷至香港，一八五三年印行香港首本中文月刊《遐邇貫珍》，王韜一八六二年來港時，即留意到，他在〈香海羈蹤〉一文提到：「『英華書院』兼有機器活字版排印書籍」[25]；一八七二年黃勝與王韜合資收購英華書院印刷所，用其設備成立中華印務總局；一八七五年譚宴昌（達軒）編著的《華英字典彙集》，由王韜撰序，中華印務總局承印；該書一八九七年的三次重刊版，內頁署「香港文裕堂書局活版印」[26]。

也是香港開埠初年，一八四三年十五歲的黃勝從澳門來到香港，入讀位於灣仔摩利臣山的馬禮遜紀念學校，曾隨該校校長威廉麥克（William Macy）以及同學容閎、黃寬等一道前赴美國留學，[27]其後返港，在《德臣西報》及《孖剌報》任職，再轉任英華書院印刷所監督，後來參與創辦《華字日報》和《循環日報》。一八七三年六月四日香港《華字日報》刊載一則與黃勝有關的新聞，記述清廷設西法印書館的經過：「其館在武英殿衙門前，由香港英華書院購置大小鉛字兩副，其價值計二千餘金。黃君平甫親賫之至京師，呈於總理衙門……至西國而用華字活版，則始於英人馬施曼，創行於檳榔島，繼遷於香港。」[28]文中提到將清廷向香港英華書院購買的鉛字押送至京師的黃平甫，即是黃勝。

同樣是一八七三年六月四日的《華字日報》，刊載一則中華印務總局的廣告云：「本局專印活字版各種書籍，無論唐番字樣，悉為代印……，本局活字版一法，排印極為神速，無論千百種書，皆可隨時應給……，本局所有者為銅鋼陰陽字模鉛版，大小各字，或有藝苑名流，書林雅士，欲購買鉛字活版，則本局可為製造銅模，澆鑄鉛字，大小XX，取予不窮。本局現於大小兩種字外，更鑿中字一副，於印刷華人書籍，更合體裁」[29]，以上是流傳至今

24 林友蘭，《香港報業發展史》（台北：世界書局，一九七七），頁一。
25 周佳榮編著，《香港紀要：近代文獻著作選》（香港：三聯書店（香港），二〇二〇），頁四一。
26 參考內田慶市，〈近代中國人編的英漢字典的譜系〉，《東アジア文化交涉研究》六號（二〇一三年三月），頁三一一一六。
27 參考方美賢，《香港早期教育發展史》（香港：中國學社，一九七五），頁一七一一八。
28 轉引自林友蘭，《香港報業發展史》，頁八三。
29 同前注，頁八四－八五。

十分珍貴的香港活字印刷史料，當中可見，黃勝與王韜等人成立的中華印務總局對其印刷業務十分有自信：「排印極為神速」，這與它擁有的技術和設備有關，除了沿用英華書院的原有中文活字大小兩種，另製了新的「中字一副」，更可為客戶「製造銅模，澆鑄鉛字」。

以上整理了幾則有關「香港字」的人物故事，《清稗類鈔》和《香港報業發展史》亦分別記載了「香港字」之稱的淵源，但絕大部分香港人不知道這段歷史，「香港字」開始重新被認知，始於二〇一八年一連串相關的戲劇性事件。

二〇一八年的夏天，香港版畫工作室項目總監翁秀梅收到一封來自荷蘭的電子郵件，韋斯特贊鑄字工房基金會（Foundation Type Foundry Westzaan）主席 Ronald Steur，請翁秀梅協助搜尋一批十九世紀中葉從香港運到荷蘭的中文活字的下落，或提供相關資訊，當時翁秀梅正為籌畫中的「字裡圖間——香港印藝傳奇」展覽搜集資料，最初她只是以「明體四號字」指稱早期的中文活字，至二〇一九年，Ronald Steur 幾經轉折，終於從荷蘭國家民族學博物館倉庫尋獲一批由一八六〇年「香港字」翻鑄成的鉛模，香港版畫工作室遂與韋斯特贊鑄字工房基金會成立「香港字重鑄計畫」，工作人員突破技術障礙，二〇二〇年七月成功重鑄出首批七十三枚「香港字」，同年十月，香港版畫工作室舉辦「字裡圖間——香港印藝傳奇」展覽，在香港文化博物館展出這首批七十三枚重鑄出的「香港字」。[30]

在此事件之前，香港的活字印刷文化，已由二〇一〇年代的文化人轉移為小規模或非牟利形式的印藝文創產業，包括二〇一一年成立的「ditto ditto」、二〇一二年成立的「字活工作室」，前者的活版印刷紙品在不同的文創生活商品店寄賣，後者則與文學雜誌及團體合作舉辦活動並製作活字文創產品。

其中應以「字活工作室」最為積極，他們以有限人手整理自上水大志印刷公司承傳下來的逾萬枚鉛字粒，並重新學習使用老舊的海德堡風喉照鏡印刷機，更向台灣的日星鑄字行購買鉛字以充實字庫，使活版印刷技藝轉移為二〇一〇年代的文創產品，配合作坊、放映、座談、讀詩等等有公眾參與的文化活動，[31]可稱為一種文化復刻，只是香港文化界對此鮮有迴響，「字活工作室」自費運作了四年，至二〇一六年缺乏營運資金也缺乏人手，終於結束，把所有資源包括活版印刷機及已整理的一套鉛字粒，轉移至香港版畫工作室。

這一波的活字文化復刻，浮沉了八、九年，直至二〇二〇年，因「香港字」的重鑄和展覽，才使活字相關的文化復刻重新呼喚起，並從保存活字、傳承活版印刷技藝這基本意念，擴展至「香港字」的觀念意義，包括香港歷史原質的追懷、文化印記的復刻。這二〇二〇年

30 參考《「字裡圖間：香港印藝傳奇」展覽小冊》（香港：香港版畫工作室／香港文化博物館，二〇二〇）。另參袁源隆，〈千里尋香港字　重鑄失落傳奇〉，《明報週刊》（二〇二一年一月）。

31 例如二〇一四年五月十七日在香港誠品書店舉行的《鑄字人》紀錄片放映及座談會，由「字活工作室」成員主持座談。

發生的「香港字」復刻事件，向我輩啟示出，復刻之路不輕易達致，復刻的實現亦須具備復刻所需的法度，我們何妨以更堅韌的能耐，重鑄香港字般復刻出香港文化、重鑄出香港的心。

六、「香港字」的心

二〇二〇年十月至二〇二一年初在香港文化博物館舉行的「字裡圖間——香港印藝傳奇」展，催生了董啟章的全新創作意念，寫成有關香港活字的愛情小說《香港字：遲到一百五十年的情書》。這書在二〇二一年十一月出版，閱讀書中的賴晨輝、戴福、黎幸兒等人物，他們與香港鉛字的創製氣質隱然相合，宛似十九世紀中，青年時期黃勝走過的香港足跡。

董啟章所著的《香港字：遲到一百五十年的情書》以遺書和情書為中介、生命掙扎和愛情故事為綱領，為一段失落的文化史的追尋本身，賦予一種有情的靈魂：人向失落的字形寄託情懷，字也向人述說心語，在小說中的幾段「活字降靈會」章節，董啟章創造出（或可說是發現出）具自我意識的「字靈」，牠有時以中文《聖經》風格的典雅書面語說話，有時以廣東話的生活化口語腔調講述，一段一段印刷史、活字史、教會史、文明史、殖民史，片段零散的故事夾雜「字靈」整理記憶的練習，以句子、寫作，又宛似一個作家的寫作，編織出一段一段被遺忘的「香港字」的歷史。哪怕香港和她的字已殘損，字靈說：「只要模在。模在字在。」歸結於字與人與香港同在的抒情。

幾段「活字降靈會」之間，是「晨輝遺書」、「復生六記」分別敘述的兩種情，「晨輝遺書」的幾段裡，賴晨輝困於絕望情緒低谷中，字靈與她對話，彷彿有如聖靈降臨的文字情懷，帶引文化史、家族史的追懷，救贖了現實中無助的晨輝。「復生六記」敘述的戴福（復生），「十一歲隻身至香港，入讀英華書院義學。及三年，義學停辦，入英華印刷所為學徒，專習活字排版」，頗有點從黃勝生平演變出的故事新編意味。「復生六記」以戴福作第一人稱敘事，以書信語言道出，字與人與香港，也是情與史與文明的往復追懷，心字編織成人生，印出迷霧一般的香港民間文化史。

全書結束於「晨輝遺書六」有關活字展覽和香港字重鑄的敘述，「活字」、「重鑄」在小說中不單是具體事件，更成了一種歷史記憶符號，小說重塑失落的歷史記憶，以至從原本歷史意義模糊或是功能性為主的十九世紀香港字鑄造事件，半重塑地改寫為歷史記憶的失落和追認，書中以故事和書信形質提供了許多與「香港字」相關的史料細節，讀者從中可得到一些歷史教科書未及講述的香港文化史知識，但小說真正孜孜經營的不是知識或事件，而是今日的情懷，是一種散佚的香港情的重鑄。

印刷技藝促使歷史記憶因刻印而成形，城市發展的軌跡則有如另一種刻印，文字散佚也就是香港史的散佚，如果無人在乎，歷史的散佚便是無痕無感；唯當有人感應到歷史的散佚，試圖追懷、使之重新凝聚留痕，並實踐為一種文化追尋，意味著對湮滅的抗衡，如此構成了《香港字：遲到一百五十年的情書》這書在人物故事、愛情書信以外的抗衡性。

「香港字」這形質在小說裡，被賦予了具城市歷史身分同質的追懷，「香港字」在這小說被標示出，是作為抗衡亦同時是一種抒情，而且在一篇一篇遺書、情書的語言記述中，「香港字」更被重新強調為一種情的刻印、情的感應，並在小說故事的書寫以外，一再呼應著現實世界、生活行動中的香港字重鑄事件，彷彿一種無形、沉默的運動，一再賦予香港字的觀念意義，一種小說與行動結合的香港字運動，指向香港歷史原質的追懷、香港在失落中的重新追懷，重鑄的不單是字形，也是失落的香港歷史原質、一段主流大歷史不談的文明史、印刷史的原質。

哪怕香港和她的字已殘損，宛似一個一個移民家庭，散佚於世界不同角落，字靈說：「香港字，也是世界字」「無論去到哪裡，變成什麼模樣，我們都是香港字。」字有靈，人有愛，《香港字：遲到一百五十年的情書》這書真正重鑄了「香港字」的心，字靈說：「我們已經把香港字的身世，原原本本地告訴你。」這書轉述了香港字的身世，也是有靈有愛的香港字，向散佚的人民作出呼喚。

七、文藝的復刻與重生

復刻源於醒覺、標示出醒覺：醒覺於那本真的可貴。原物可見的時候，粗糙的複製品被視為翻版，唯當世界崩潰，人們意識到流逝，重新感應到此世曾存在過極其珍貴的音樂和文藝，願意用更精確的技藝還原舊物，成就了復刻。

復刻必出於對原物的了解和尊重，且用最嚴謹的技術使原物形貌復現，復刻的對象，必是在當世被視為珍貴的一種紀錄，一套音樂錄音、一本書冊，以至一座建築、一款文字，以至不可見的一界文化、一宇文藝。

復刻必須合乎自身規格，一如文藝自有本身的法度，最極致的復刻，有如一種宗教儀式，透過它而達致心的重生。

文藝的基本形態是文字，而文字似乎是無形、虛空，電子化的文字更可以輕易被刪除或移轉，但從另一方向而觀，文藝自古即與書籍的形態相連，古代文人在雅集、節會、筵席間即興吟詩賦文，「長風萬里送秋雁，對此可以酣高樓」，作品口耳相傳，具一定流通能量，但還不是正式的，直至文藝刻錄成冊、成書，作品才成為定本，作為傳世的主要依據。

書冊，有如文字的居所，理想的書籍讓文字可居可游，游於心也游於藝，文字寄生於書冊，只要書冊仍在，即使書冊的初版稀少至接近湮滅，只要有一本流傳，人們據以復刻，潛居冊內的文字重又流動，一種復刻的文藝，一顆文藝復刻的心，同樣是人心的復刻，每一本復刻的書，都是一顆復刻的心。

文藝、文字、書冊，出版，彼此存在人文精神中的神祕聯繫，它的源頭是人心裡的情懷和信念，每篇文字寫就、每本書冊的出版，只要它夠力量，就猶如宇宙間爆發的新星，至少是一枚火花的爆發，看似一剎那，卻是永恆不滅。

在電子時代，高速網絡的新世紀，文字傳播得更快也可能變得更虛弱、更易於被扭曲播弄，我們更需要書冊，需要書冊中的文字，需要有印刷機，賦予文藝的生存意志，如同上帝向人吹一口氣，書籍將永遠作為文字的母體，也是人類的心的居所，一處超越現實同時突破虛無閃逝的，可居可游的居所，書籍是文藝與人心在天上的宮闕，一本書流傳，讓我們看見文藝的實物，我逡巡書架，輕輕撿出這幾本藏書家、文藝者的心語：鄭振鐸《劫中得書記》、趙家璧《書比人長壽》、唐弢《晦庵書話》、黃裳《銀魚集》、周棄子《未埋庵短書》、彭歌《文壇窗外》、黃俊東《獵書小記》、小思《彤雲箋》、也斯《書與城市》。

輕撫書頁間微凸字粒，的確是「書比人長壽」，生命流逝，一切功業、理念、情感成灰，唯文藝可以在宇宙留痕，如果它夠強韌、如果它從世界的刻畫而生又特立出自身的心，文藝仍將永遠以文字形質，流動在宇宙的萬化當中。

我們小時，背誦古文和古詩詞、朗讀現代白話文和新詩，只為應付學校課程、滿足考試要求，內心多少帶著抗拒，愈具特立心靈的孩子，愈感到扞格，直至我們看到該文字的生命源頭：一本古書的復刻本、或近人據原典整理出的箋校本，四部叢刊景上海涵芬樓藏吳氏刊本龔自珍《定盦文集》、彊村叢書本吳文英《夢窗詞集》、四部備要聚珍倣宋版《杜工部集》、錢伯城箋校本《袁宏道集箋校》；或一九二〇至四〇年代出版的新文學單行本，上海開明書店版冰心《寄小讀者》、文化生活出版社版沈從文《八駿圖》、晨光文學叢書版錢鍾書《圍城》……

觸摸紙頁間典樸的古字，微凸字粒起伏，隱約聽聞前人寫字的呼吸，我們從此被這些書迷住，我孜孜收集書籍、珍惜善本，我們付出比應付學校課程多千億百萬倍的心力，進入我心所慕的書頁世界裡周遊，我們到書店、到圖書館，清心參拜文字的殿堂，我們感應到書籍的生命存在，居住在書籍的文藝，呼喚我們沉睡的文藝靈魂，溫暖著我們孤單的心，我們願意和它對話，再以新的文字承接出現代的創造，由此，我們也超越了流逝，藉著文藝和書冊，得以接近於不朽。所以永恆、不朽並不遙遠，文藝和書冊，就是永恆、不朽；文藝和書冊，是一種光，或至少是容易熄滅的火，吸引我們伸手去摸，成為每一下揭頁翻書的動作，故事吸引我們，人物相互對話，詩歌浮沉於此世險象與純境之間，我們觸摸文字，如同觸摸情人的一項神祕練習。

文字流過肌膚，往心間遊蕩了一會，比我們更早更深地經歷了人間聚散，嚐夠了離合，然後文字遁入書頁，標點與音符交會，創製出一所香火瀰漫的寺廟，院落之間住有我盼望尋訪的隱士。

此刻傳來不遠處一座鐵路旁的教堂鐘響，窗外微光綽約，我彷彿看見了文藝，一匹藍色清雅小馬，當她身軀靈動，響起馳過苔徑的細碎蹄聲，像何其芳的〈預言〉，又像卞之琳筆下的〈魚化石〉：「我要有你的懷抱的形狀／我往往溶化於水的線條／你真像鏡子一樣的愛我呢／你我都遠了乃有了魚化石」，你我都遠了，但就是文藝引我們從過去來到現在，書頁間的點橫撇捺，不就是我們以為已消逝的足跡，內心一處永恆沙灘，微風吹散霧靄，仍見巧笑倩兮，美目盼兮，文藝為我們現出她深藏的真實，但還不是那純美的文藝的全部。

文藝無形而有靈，無相而有聲。

文藝藉小說降靈，藉散文說法，藉詩歌發聲。

文藝表現人性，以及當中對超越的探求、對終極的嚮往。

文藝有它的法度，一如建築、音樂、書法等藝術的本色、規格。

文藝是一種對世態人間的觀照和感應，它有力因為它直面人間、它珍貴因為它重視人性的自主，它矜驕因為知悉仍有人不輕易順世。

時代困厄，文藝的聲音愈見崢嶸，時代之風料峭，吹亂了文藝的鬢髮，時代之風急而亂，吹我入雲端，霧氣忽濃忽淡，我彷彿看見，一座刻在大地上的香港。

現在終於到了那時候，是需要有如此歷煉，方使爐火燒得通紅，要鼓鑄出創新可能的文藝，如鑄字、如復刻，以文字為媒，創製出化生於宇宙之間的觀念，音樂、文藝與一切藝術相互化生的純美。

文藝復響，像歌曲低迴後漸轉昂揚，因為文藝有信念，同時感應到人性，以及我們的心。

文藝攀上高峰，卻何妨仍有聲聲盪氣低迴，文藝的聲音自主，如風來去，一串弦音從模糊中淡入、從淡出時完成。

遠遠地，我看見無聲的鐘樓，還是無光的燈塔？是無船的碼頭，我恐怕多年來孜孜寫出的，只是一本，無字的書。城市失落了仍有雲，雲幻如詩詩不虛，仍相信空氣中有信念，空屋中有故人，語言，應該流動。

聽我飄流的結他
音符可有甜點的味？
咖啡感應了風而冷卻
苦澀的甜猶在
杯仍重，滿載流淌的情

此刻鐘聲零落，微光泛照，文藝難道如一霎生命浮影，有言而未能盡說，文藝飛也似的逝，可別太無常。

浮影如雲，雲無常
流光照出透明的心
如玻璃，窗外永有呼嘯的景
飛也似的逝，可別太無常
雲聚而無形，有情也無情

浮影如流，流何處？
仍有文字，堆積成雨
彷彿是我尋覓的刊物
我父我師，仍握我手嗎？
告別了，仍感謝雲彩留駐：

「樹影無根，仍願深吻土地

飄鳥無蹤，尚對風留情
但時代之風呼號而不息
碌碌世情有沒有搖撼你？
列車可有催促你？

別怕別怕再看車窗外
寫滿南方海邊心語
再沿幽微路徑
再有時雨遍灑、時雨滋潤
你足下每方寸心路」——

浮影如詩，詩言志
我聽，歷史可有跫音？
我父我師，欲語卻說不出
我撥弄流雲，不放棄詩句
影聚任形散，有情也無情

文藝如魂，化作翩翩黑蝶飛躍，我想捕捉，我欲諦聽，文藝就是我父我師的言語，教我撥弄流雲，莫失落年華、別放棄詩句，影聚任形散，有情，也無情。

二〇二一年十二月三十日完篇於九龍窩打老道寓所。

後序

前著《地文誌：追憶香港地方與文學》二〇一三年出版後一年，即二〇一四年十一月間，開始催生出撰寫《樂文誌》的意念，承接《地文誌》中的〈高山搖滾超簡史〉一文，我著手整理自己收藏多年的雷射唱片、黑膠唱片和盒帶，一邊聽歌一邊作筆記，如是斷續維持了四、五年卻遲遲未有正式下筆，是因為其間種種研究計畫、論文寫作、編書和學術論著，一項一項如車輪緊接莫能停息。

在發光閃逝的電子舊刊與脆弱欲裂的實體舊書中尋尋覓覓，暗夜間向一位一位父輩、師長輩的名字問詢，從二〇一八再走至二〇一九年底，彷彿他們攜伴我完成《葉靈鳳卷》、《板蕩時代的抒情》、《根著我城：戰後至二〇〇〇年代的香港文學》、《香港文學大系一九五〇－一九六九・新詩卷一》這四書，像登上不同的巴士遊走，又聽見飛機在頭頂轟然略過、群眾起哄吶喊呼號、樓房傾頹、樓房蓋起，最後在一所無窗只一燈如豆的房間，接過一位長髮青年遞予的廢棄稿紙，畫滿鋼筆刪塗增補的潦草文字，我努力試圖辨認又孜孜摹寫，在那兩邊窗戶透光的老舊校舍，臨近下課鐘聲響起前，交出一篇作文給老師，得到「貼堂」的鼓勵，父親得知後摸摸我的頭，說我是他的好兒子。

從一頁一頁捲動翻不完的校對增刪文字的迷糊間醒過來，再看一眼接近完成的《香港文學大系一九五〇－一九六九・新詩卷一》電子校對檔，倦極但暗暗覺得自己算是無愧於父輩師長的託付，時間是二〇一九年十至十一月間，其時我的精神狀態，以至整個香港時代都到了一個隘口，許多事情發生、許多事物改變，二〇二〇年一月我終於從新界大埔搬返九龍窩打老道舊居，從運返的逾百箱凌亂書籍中，仍自我失控地翻箱倒篋尋找寫論文所需的舊刊而不果，卻意外「出土」若干舊藏卡式錄音帶，以及一小台塵封遺忘多年的卡式錄音機；我想起，這不就是我那荒蕪的《樂文誌》文藝生命。

於是，有了本書卷一的〈風繼續吹冷喝采〉。

＊

追跡地方歷史掌故與文藝之相涉，乃有《地文誌》；追懷華語歌曲與文學之於時代與個人的印記，乃有了這本《樂文誌》。

本書由三卷形式體制不同的散文組成，卷一以歌詞文本分析為基本，從一首歌到另一首歌，從歌曲到文學、從文學到電影、從歌手到樂人和填詞人、從歌詞分析到時代文化與個體生命的抒懷，細述一重又一重的歌曲與文學文本的互涉。卷二書寫音樂與文學與人生的隱然聯繫，以至幾段時代變遷與個人成長的軌跡。卷三從舊唱片和舊書刊的復刻、文學舊作的重寫及「香港字」的文化復刻，展望文藝的前景與可能。

卷一九篇，皆以彼此相類的散文體例寫成，〈今宵不知如何珍重〉從崔萍的國語原唱版〈今宵多珍重〉寫至陳百強的粵語版〈今宵多珍重〉，再寄喻我對兩、三代香港移民的祝願。〈似水網界、幻海流年〉從梅艷芳主唱的〈似水流年〉，聯繫至嚴浩的電影《似水流年》、左几的電影《似水流年》，以至喜多郎的原曲*Delight*、黎小田重新編曲的〈似水流年〉和湯顯祖《牡丹亭》「驚夢」開場的「似水流年」一語，追跡當中的淵源與流變。〈風繼續吹冷喝采〉從陳百強的〈喝采〉談至張國榮的〈風繼續吹〉，試圖從勵志和頹廢表面相反的對立中，尋求共同的抗衡，再思〈喝采〉化了的〈風繼續吹〉，或〈風繼續吹〉化的〈喝采〉，如何為頹散邊緣的個人帶來拯救。

〈香煙迷濛了什麼〉從蔡琴的歌曲〈香煙迷濛了眼睛〉、關錦鵬的電影《地下情》、鍾玲玲的小說《愛人》、黃碧雲的小說《微喜重行》、邱剛健的無題詩，歸結於我對香煙時代文化的觀察、感懷。〈禁色與酷兒〉由達明一派的〈禁色〉歌詞文本分析開始，談至電影 *The Night Porter*、鋼琴曲 *Gymnopédies*，到 Japan 的歌曲 *Nightporter*，再到〈禁色〉和它的國語版〈我是一片雲〉，再從〈禁色〉的性別平權談至《胭脂扣》的酷兒思考。〈說不出未來的未來〉從夏韶聲的〈說不出的未來〉，追溯至李壽全的〈未來的未來〉與萬仁的電影《超級市民》，聯繫一九八〇年代台港兩地對未來的想像，再歸結於我一首寫於二〇〇七年的新詩〈說不出的未來——回歸十年紀念之一〉。

〈昨夜拋棄感覺的渡輪上〉從一首香港城市民歌的經典〈昨夜的渡輪上〉，談至它的原曲：劉藍溪原唱的〈微風細雨〉，追溯一點台灣校園民歌與香港城市民歌的聯繫，再及我一首寫於二〇〇五年的新詩〈昨夜的渡輪上〉，串聯有關抗世情懷和香港城市的失落。〈借來的香江一夢〉再寫香港，從一度深植人心的「借來的地方，借來的時間」一語，談至彭健新作曲，鄭國江填詞的〈借來的美夢〉，以及西西寫於一九八六年的小說〈浮城誌異〉。〈再會吧，香港〉從茅盾一九三八年在香港《立報》發表的〈懷念行方未明的友人〉、田漢一九四二年據戰前居港文化人見聞寫成的話劇《再會吧，香港！》的主題歌〈再會吧，香港！〉，談至我用「舊曲新詞」方式改寫的〈再會吧，香港（二〇二一版）〉，在行將變動轉折的個人命途中，歸結於我對香港流動與根著的寄語。

卷二的五篇散文，〈東海行進記〉原題為〈到東海的路〉，緣於二〇二一年四月接到老同學陳慶元的約稿，為周芬伶主編的《葉過林隙：楊牧和他們的東海》寫一篇涉及楊牧的東海回憶，我交稿後再大幅補充修訂過，改用今題，是我首次寫出對東海大學求學生涯的集中憶述，其後再沿用體例，寫出另外兩續篇，分別題為〈東海幻風誌〉與〈東海靈光錄〉，合共三篇可算我較完整的東海求學回憶錄。

〈東海幻風誌〉文中提到一九九一年在東海大學音樂系館聽古琴演奏後寫成、再於一九九三年修訂完成的文章〈古琴的聲音〉，獲「八十二年度教育部文藝創作獎」社會組散文類佳作，因內容與東海求學生活的回憶相涉，又能呼應本書音樂與文學結合之題旨，故從檔案中找出，收進卷二，是本書唯一並非二〇二〇年一月至二〇二一年底寫成的文章，該文從未收進我過去出版的文集，此番收入，全文一字不易，以保持文獻原貌。〈大千層幻錄〉是因應香港文學生活館的社區寫作計畫，寫於二〇二〇年十一月間，收進二〇二一年九月出版、由多人合著的《樹心邊・新蒲崗》一書，我再把文章補充修訂，始成如今之定本。

卷三的散文七章，是一種長篇散文的嘗試；有別於卷一九篇文章各自獨立成篇，卷三的〈香港心之復刻〉七章應連續一氣閱讀，視為一篇長一萬九千多字的長篇散文，以「文藝復刻」為核心概念貫串，追溯「復刻」一詞的源頭，從舊唱片的復刻，談至唐滌生經典粵劇《帝女花》的復刻、鍾玲玲小說《玫瑰念珠》的重寫和「香港字」的復刻；而在撰寫該文其間，二〇二一年十月我收到《聯合文學》編輯的約稿邀請，為十一月出版的董啟章新書《香港字：遲到一百五十年的情書》（新經典圖文傳播出版）寫書評，編輯傳了該書的全文電子檔給我，於是我結合手頭有關「香港字」的歷史記述，同時深刻有感於董啟章透過小說中的字靈所說：「無論去到哪裡，變成什麼模樣，我們都是香港字」，乃寫成題為〈字有靈，人有愛——與《香港字》同在的抒情〉這篇書評，刊發於二〇二一年十二月號的《聯合文學》，經修訂和補充資料後，重新以〈「香港字」的心〉為題，作為長篇散文〈香港心之復刻〉的一章。卷三的最後一章，〈文藝的復刻與重生〉，提出我的文藝展望，在傾頹的時代、變動的命途中，尋索文藝生命的新可能。

文體形式上，除了前面提及的卷一獨立九篇與卷三長篇散文之別，我亦延續前著《地文誌》提出的「地文誌體」，即一種近似「地誌書寫」的、扣連地方文史掌故與相關文學作品再加上個人回憶以至詩歌創作的筆法；其中在〈風繼續吹冷喝采〉、〈香煙迷濛了眼睛〉、〈說不出未來的未來〉、〈昨夜拋棄感覺的渡輪上〉和〈東海行進記〉五篇，均融入自己的詩作到散文中，都是與文章題旨內容相關的舊作，再而另有〈禁色與酷兒〉、〈東海靈光錄〉、〈大千層幻錄〉和〈香港心之復刻．文藝的復刻與重生〉這四篇則為文章創作了全新未曾獨立發表的詩作，嘗試進一步結合散文與詩歌在同一作品篇章中。作出以上形式體制的考慮已不是為了貫徹「地文誌體」，而是因為，對我來說，音樂、詩歌、散文，是同一形質的文藝生命體，下筆時同時撲面而無從分割。

以上卷一散文九篇、卷二散文五篇、卷三長篇散文一篇七章節，除了卷二的〈古琴的聲音〉以外，全都在二〇二〇年一月至二〇二一年十二月底此兩年間寫成；其時世態詭譎而人面飄幻，時代之風狂號，我寫成卷一其中五篇後，一度索然擱筆，最終作出個人命途的抉擇，其時所感，記錄於我口占一首題作〈幻夜〉的絕句五言詩：夜走聽無辭，初心故夢歧；空城千寂路，羅網萬叢罹。

由此，卷一有些文章，筆調難免灰暗，至〈再會吧，香港〉、〈東海行進記〉、〈東海幻風誌〉、〈東海靈光錄〉和〈香港心之復刻〉，實不願再渲染感傷，文藝不是修辭，應是覺醒、超越和創新的藝術生命存在，文藝直面也尊重生命的灰暗和感傷，亦必須透過這直面和尊重，達致覺醒、超越，其間並非簡化的二分對立，我嘗試在〈香港心之復刻〉提出文藝的復刻與重生，對應時代的諸般羅網、扭曲、閃逝和偏至，超越的最終關鍵仍在於一種結合音樂與文學的、近乎不可言說的詩化信念，且離不開文藝純美境地的創造呈現。

二〇二一年十二月三十日，〈香港心之復刻〉長篇既成，歷時兩年的《樂文誌》寫作終告完稿，旋即開始執拾篩汰藏書，裝成百餘箱，行將告別此間曾與父母兄長同住之舊居，雖有不捨仍未許流連感傷，何妨承續「復刻」之念，記取地方聲音本真，寄願城市與每一個體文藝生命之復刻，倘持法度堅韌罔失，時雨縹緲而想像入雲，仍將見純美的文藝靈動如一匹藍色清雅小馬。

如文首所述，撰寫《樂文誌》之意念，乃承接《地文誌》中的〈高山搖滾超簡史〉一文而生，讀者讀畢《樂文誌》如果對音樂與文學的題旨意猶未盡，可再閱讀〈高山搖滾超簡史〉以及收在《愔齋讀書錄》的〈轉化中的覺醒——黑鳥音樂回顧〉、收在《抗世詩話》的〈兩支結他〉，這三篇舊作可說是《樂文誌》的前身。最後，我寄望讀者讀畢《樂文誌》所真正領受的，不是歌詞文本分析、不是音樂與文學的文本並置互涉論述，更不是我個人的回憶感懷；而是一種讓時代、城市和個體達致文藝生命復刻與重生的詩化信念。

二〇二二年二月二十二日寫於台北防疫旅館隔離客次

出版前記：從地誌到樂文

疫病年代之暫歇，二十一世紀一九二〇年代肇始未遠，不是世紀末，卻更似已近世界終末。二〇二三年一月一日，黃耀明在台北華山文創園區舉行「邊走邊唱演唱會」，在觀眾熱切呼嘯的會場，我聽到黃耀明熟悉而更顯蒼厚的歌聲，唱到林夕填詞的〈邊走邊唱〉的幾個樂段：「矛盾永遠只得你明白」、「其實我太留戀這禁地」，他深情地望向在場每一觀眾，感應到各人渴求而悵惘的目光，歌聲驀地稍稍哽咽，剎那間如發出低迴一問：

我們何以在此相聚？

我心不禁相和，是的，我為什麼會來到這裡？

這美麗之島，福爾摩莎，文風鼎盛，人面友善，但我為什麼來到這裡？一顆索落的無名音符，來自斷線的五線譜，爭似暗燈小巷，可有幾撇雨水撫慰，脫離了身軀的長影，流逝中，亦有走過年華的分秒，每值週五長夜，已打烊的無語都市，我願聽一闋無斷奏下去的低冷藍調爵士樂。

上一回聽到黃耀明的歌聲是何時？是二〇二〇年十一月十九日，與鴻江兄同往灣仔新伊館聽「達明一派意難平REPLAY演唱會」，憶起生命中幾回，與老同學鴻江、俊偉一起聽達明一派演唱會的片段，可記一九九六年的「達明十週年紀念演唱會」、二〇〇四年的「為人民服務演唱會」、二〇一七年的「達明卅一派對演唱會」，猶如不同時代的達明一派，染織我們生命的不同片段。

還有更多不同時代的樂人、樂曲，染織了不同時期的香港，有昂揚，也有低迴和呢喃。是這些歌曲陪伴我、吸引我、更默示於我，要際此離散之世，縷述音樂、文學與時代的印記，倘若未甘黯然下去，何妨歸結於香港心之復刻、文藝生命之重生。

《樂文誌》之寫作，自二〇一四年醞釀，數年間勾勒出幾本邊聽歌邊以潦草字跡寫成的筆記，真正動筆，是二〇二〇年一月至二〇二一年十二月三十日之間；然後是二〇二二年二月中旬，在台北防疫旅館寫成了〈後序〉，交代寫作緣起、意念、結構和內容，準備交付出版，不意延宕多時。何用分說，但信此書非僅繫於我手，更有城市藝文心念存焉，教我再靜候復再探尋。二〇二二年賃居台北市之幾許無聲夜靜，有感上天默示，著我潤飾修訂了文稿。

至二〇二三年二月，欣悉金倫兄落實此書之出版，猶記二〇一二年六月一次研討會後，我從台南坐高鐵赴台北，與金倫初次會面，提出《地文誌》構思，他並無猶豫便一口答應出版，八月底我到美國愛荷華大學參加「國際寫作計劃」，開始一篇一篇落筆去寫，回港繼續修訂，終於二〇一三年五月完稿，同年十一月出版，至今，不覺歷經十年，我終於繼《地文誌》後完成另一系列散文創作，落實多年構思，其間，金倫知音、相助之緣，即使世態遷移，始終貫徹這十年，我深心銘感。又，本書出版前，蒙東海同窗耀明、崇建、學弟國能列名推薦，可說印證出卷二的諸般追懷，我謹此致謝。

本書嘗試以一系列專題長篇散文，出入於多重文藝文本與個人文藝經驗之間，探索非虛構的時代書寫之可能性，當中特別想標示「文藝性」以至「詩情」的性靈位置，即文學自身，如何在時代、社會和政治所衍生的堅拔信念或喧嚷眾聲中，暫別概念先行的路徑，追溯文藝似風的心，另持以文藝復刻的法度，活像一種文字重鑄，時代刻錄成音軌，還以文藝那「道成肉身」般的實物流轉情懷，當文字印成書頁，居住在書間的文藝，好像香火瀰漫的寺廟背後，深寂院落間悠然往來的隱士行走。

潮流趨勢和無以逃遁的世情實務，每教文藝彌留、書頁難產，不知何以追懷都市的本真，不知如何向歧路踟躕中的征人，說一聲珍重，即使噤聲滅影，書頁空白有如一張，故人西辭去後的空病床，文藝的法度若能罔失，將無分病院、靜室或牢房，只消翻揭一頁書間，仍見窗外漫山半坡矮樹綠草，隱約有微風拂過，使草葉挪動；寄願散佚的字粒、脫落的音符、孑立的詩句、飄流的歌詞，聯繫城市每顆未甘黯然下去的心。

在這時刻，本書終於付印之前夕，手機傳達了俊偉、鴻江各自從香港及海外遠方捎來的問候短訊，雖只片言，真情已足教心弦抖動，腦際一再迴盪黃耀明的歌聲：「矛盾永遠只得你明白」、「其實我太留戀這禁地」，尤當這段日子，加以際此《樂文誌》真正付印之前夕，其實我很清楚自己為什麼會來到這裡。

二〇二三年六月二十五日記於台北市文山區景美溪邊

著作年表

一、創作

二〇〇二年	《單聲道》（詩集），香港：東岸出版。
二〇〇四年	《低保真》（詩集），香港：麥穗出版。
二〇〇六年	《愔齋書話：香港文學札記》（散文集），香港：麥穗出版。
二〇〇八年	《愔齋讀書錄》（散文集），香港：Kubrick。
二〇〇八年	《市場，去死吧》（詩集），香港：麥穗出版。
二〇〇九年	《抗世詩話》（散文集），香港：Kubrick。
二〇一三年	《地文誌：追憶香港地方與文學》（散文集），台北：聯經。
二〇一七年	《市場，去死吧（增訂版）》（詩集），香港：石磬文化。

二〇一七年	《香港韶光》（詩集），香港：中文大學出版社。
二〇一八年	《這時代的文學》（散文集），香港：中華書局。
二〇二三年	《樂文誌》（散文集），台北：時報文化。

二、論著

二〇〇九年	《解體我城：香港文學1950-2005》，香港：花千樹。
二〇一六年	《香港文學大系一九一九－一九四九・導言集》（合著），香港：商務印書館。
二〇一八年	《板蕩時代的抒情：抗戰時期的香港與文學》，香港：中華書局。
二〇一九年	《根著我城：戰後至2000年代的香港文學》，新北市：聯經。

三、編纂

一九九七年	《從本土出發：香港青年詩人十五家》（合編），香港：香江出版公司。
二〇〇一年	《詩城市集2001：詩與標記》，香港：CityPoetry Project。
二〇〇三年	《三、四〇年代香港詩選》，香港：嶺南大學人文學科研究中心。
二〇〇四年	《三四〇年代香港新詩論集》，香港：嶺南大學人文學科研究中心。
二〇〇五年	《現代漢詩論集》（合編），香港：嶺南大學人文學科研究中心。
二〇〇五年	《咖啡還未喝完：香港新詩論》（合編），香港：現代詩研讀社、文星文化教育協會。
二〇一一年	《香港文學的傳承與轉化》（合編），香港：匯智出版。
二〇一二年	《홍콩시선1997-2010》（高贊敬譯），首爾：知萬知。
二〇一四年	《香港文學大系一九一九－一九四九・新詩卷》，香港：商務印書館。

二〇一六年	《香港文學大系一九一九－一九四九・文學史料卷》，香港：商務印書館。
二〇一七年	《香港當代作家作品選集・葉靈鳳卷》，香港：天地圖書。
二〇二〇年	《香港文學大系一九五〇－一九六九・新詩卷一》，香港：商務印書館。
二〇二二年	《落葉飛花：香港三毫子小說研究》（合編），香港：天地圖書。

四、論文（部份）

二〇〇六年	〈日佔時期香港文學的兩面——和平文藝作者與戴望舒〉，《東亞現代中文文學國際學報》二期（香港號），頁三一〇－三三一。
二〇一〇年	〈革命與詩的失落——魯迅、斯諾與中國新詩〉，《現代中文學刊》二〇一〇年第一期，頁二〇－二六。
二〇一三年	〈五十年代香港左翼電影的革命話語——《父慈子孝》、《桃李滿天下》與《虹》〉，《中外文學》四二卷一期，頁一二九－一五三。

二〇一三年	〈左翼共名與青年文藝——1947至1951年的《華僑日報》「學生週刊」〉，《政大中文學報》二〇期，頁二四三－二六六。
二〇一六年	〈「回歸」的文化焦慮——一九九五年的《今天・香港文化專輯》與二〇〇七年的《今天・香港十年》〉，《政大中文學報》二五期，頁六五－九〇。
二〇一八年	〈「遺忘」與「反遺忘」——香港文學遺忘史的幾個側面〉，《思與言：人文與社會科學期刊》五六卷二期，頁七－三四。
二〇二二年	〈《六十年代詩選》、《七十年代詩選》與五六〇年代臺港現代詩〉，《臺灣詩學學刊》四〇期，頁一七五－一九七。
二〇二三年	〈隠れた香港の詩境を求める〉（吳穎濤譯），《アジア太平洋論叢》，二五卷一號，頁五五－六五。

樂文誌

作　者—陳智德
文藝線主編—何秉修
特約編輯—蔡宜真
校　對—陳智德、蔡宜真、胡金倫
責任企畫—陳玉笈
美術設計—倪旻鋒
內頁排版—立全電腦印前排版有限公司

總編輯—胡金倫
董事長—趙政岷
出版者—時報文化出版企業股份有限公司
一〇八〇一九 台北市和平西路三段二四〇號七樓
發行專線—（〇二）二三〇六六八四二
讀者服務專線—〇八〇〇二三一七〇五
（〇二）二三〇四七一〇三
讀者服務傳真—（〇二）二三〇四六八五八
郵撥—一九三四四七二四時報文化出版公司
信箱—一〇八九九臺北華江橋郵局第九九信箱

時報悅讀網—www.readingtimes.com.tw
時報文藝／Literature & art臉書—https://www.facebook.com/readingtimesLiterature
法律顧問—理律法律事務所　陳長文律師、李念祖律師
印　刷—勁達印刷有限公司
初版一刷—二〇二三年八月一日
定　價—新台幣三八〇元

時報文化出版公司成立於一九七五年，
一九九九年股票上櫃公開發行，二〇〇八年脫離中時集團非屬旺中，
以「尊重智慧與創意的文化事業」為信念。

樂文誌 / 陳智德作. -- 初版. -- 臺北市 : 時報文化出版企業股份有限公司, 2023.07
面; 14.8×21公分. -- (新人間 ; 385)

ISBN 978-626-353-952-5(平裝)

855　　112005408

ISBN 978-626-353-952-5(平裝)
Printed in Taiwan